人文诗书散丛

全是爱

刘向东◎著

河北出版传媒集团
花山文艺出版社
河北·石家庄

图书在版编目（CIP）数据

全是爱 / 刘向东著. -- 石家庄 ：花山文艺出版社，2022.3
（“诗人散文”丛书）
ISBN 978-7-5511-6085-8

Ⅰ. ①全… Ⅱ. ①刘… Ⅲ. ①散文集－中国－当代 Ⅳ. ①I267

中国版本图书馆CIP数据核字(2022)第026098号

策　　划：曹征平　郝建国

丛 书 名：“诗人散文”丛书
主　　编：霍俊明　商　震
书　　名：全 是 爱
Quan Shi Ai
著　　者：刘向东

责任编辑：冯　锦
责任校对：李　伟
装帧设计：王爱芹
美术编辑：胡彤亮
出版发行：花山文艺出版社（邮政编码：050061）
（河北省石家庄市友谊北大街330号）
销售热线：0311-88643221
传　　真：0311-88643234
印　　刷：河北鹏润印刷有限公司
经　　销：新华书店
开　　本：880 毫米×1230 毫米　1 / 32
印　　张：7
字　　数：138千字
版　　次：2022年3月第1版
2022年3月第1次印刷
书　　号：ISBN 978-7-5511-6085-8
定　　价：46.00元

目　录

CONTENTS

◎ 布拉格记

◎ 石头记

动物记

蜉 蝣 记

如今，很少有见过蜉蝣的孩子了。偶然见了，也不认识，说是小鱼儿。水塘越来越小，水越来越少，河流多有干涸，偶尔一场洪水，可以漂起石头，不等迎来蜉蝣，紧接着开始抗旱了。最主要的还是孩子们没空儿玩耍。你想，一个小小蜉蝣，从卵孵化至幼虫，又在水中蜕十次甚至二十次皮儿，费时三年，才生存几个小时。一个小命，就这么完了。也有说蜉蝣活一整天的，俄国作家普里什文就说蜉蝣的寿命有一天——唯一的一天，我想这可能是不同的品种。查《简明不列颠百科全书》，才知何止是不同品种，蜉蝣，竟然有两千一百多个品种呢。书上还附有一组图画，介绍蜉蝣的生活简史。甭管它是什么品种，是活上一天还是几个小时吧，总之是生命短暂。这时孩子在作业堆里，在补习班里，碰巧和蜉蝣打个照面儿的机会实在太少了。

说起来我格外幸运。我家老屋西边百米，有一古潭，因我父亲喜欢文墨，看古潭形似石砚，便将它命名为“石砚潭”。我们小孩子家，不管它石砚不石砚，叫它大石井子。大石井子中的水，止水一般，深得发黑，静得让人害怕。实际上下面有细细的泉眼，让那水总是活的，适合蜉蝣生存。夏天的黄昏，水面上有一缕缕的霞光和香油（老家人认识蜉蝣，却常常形象地叫它“香油”，是时香油金贵，有时用筷子头蘸一星儿入汤，蜉蝣一般恍兮惚兮）。蜉蝣的翅膀薄到了不能再薄，却居然可以收拢并竖立起来，展开时，其状若蝶，尾巴拖着三根上翘的小须儿，或飞，或跳，或舞，曼妙啊！

儿时我以为蜉蝣可以活一个夏天，天天见它们飞来荡去，兴致来了就动手，猛地一把，把它们抄上岸来，看它们在石头上蹦蹦跳跳。有时把它们捧回家，放进水缸，看它们着急的样子。至于它们在什么时候消逝了，则全然不知，要是转眼不见了，还以为飞了呢。如果我打小就知道它来这世上是那么难，而活着的时间又是那么短，我有可能不忍心碰它，我将专注地看着它从何处来，到何处去，用几个小时，或整整一天的时间。

过了三十岁才知道，人怕过年，一个接着一个，飞快，蜉蝣一般。浮来游去，有时也立志，下决心少睡一会儿，多读几页书，多写几个字。读着，写着，累了，躺在床上，头大身子轻，床若潭水，眼前发黑，觉得自己也是蜉蝣了。“姑娘，姑娘，你为什么皱起眉头，莫非你遇到整日阴雨绵绵？而那边那只小蜉蝣该怎么办啊，它的一生都遇到阴雨绵绵！”迷迷糊糊中，眼皮儿外好几次浮现这诗意，待自己渐渐变大、变薄，大到不能再大，薄到不能再薄，成为一片梦。

生命原是这样，满百者不能说长，几个钟点儿说不得短，因是世代绵延，给人以不息的感觉。

有一次我二大爷出远门，路过北京站，见人山人海，以为大集，回家跟乡亲说：真巧真巧，我去时见了那一大拨儿人，回来又见了那一大拨儿人。乡亲们问有多少人？我二大爷说：“跟蜉蝣似的。”

二大爷，您说得对，人啊，蜉蝣似的。只是您不知道，您见到的“那一大拨儿”，是分了这一拨儿和那一拨儿的，天天变换，蜉蝣似的。

“蜉蝣之羽，衣裳楚楚。”听我念到《诗经》里的蜉蝣，女儿忽然问：“啥是蜉蝣？”那时她还不大，我答应抽空儿带她到水边走走，花几个小时，或者一整天，去寻找蜉蝣，见识蜉蝣，看那些不知皱眉头的短促的生命，在温暖的水里，如何长出美丽的翅羽。

一晃二十多年过去，白答应了。

2011 年 7 月 22 日，陪伴父母回到故乡，次日一大早去看大石井子，黑乎乎止水一潭，但见蜉蝣依旧，我暗暗祝福。当天下午，跟老爷子上山，到水湖子寻找先前的记忆，居然在山楂林里再次见到三只蜉蝣。为了给山楂树打药取水方便，果农在树林里挖个坑，铺上塑料布储存雨水。水坑边上到处是横七竖八的农药瓶子，水都蓝了绿了，漂着黄叶，蜉蝣竟然浮游着，奇迹啊！

采 蜂 记

蜂，尤其是蜜蜂，总是深深吸引诗人。

爱尔兰诗人叶芝写道：

我就要动身走了，去茵纳斯弗利岛
搭起一个小窝棚，筑起泥笆房
支起九行芸豆架，一排蜜蜂巢
独个儿住着，荫阴下听蜂群歌唱……

而在美国女诗人狄金森的诗中，就到处都有嗡嘤之声了，就连她忘情地描述她梦中的大草原时，也忘不了来这么一笔：

要有一只蜂
一只蜜蜂……

特别感动我的是俄国诗人莱蒙托夫的与蜜蜂有关的两行

诗。那是写给一个困苦中的小男孩儿的。一个苦孩子，巴望一口蜜——

> 让我尝一口蜜吧，
> 让我尝一口蜜，我宁愿去死

我老觉着这是写给我的。

小时候，我就是那样地想尝一口蜜。

我不敢说我是苦孩子出身。要说苦，那是一代又一代人共同的事。来这世上的人，谁是直接掉进蜜罐儿里的？还不都是一来到这世上就哇哇大哭。

在我的故乡，早先整个村子有三户人家后院有蜂房，那是刘勤、刘增、刘福春家。蜂房是用空心椴木做成的，大约一搂粗，五尺高，底部有个或圆或方的小孔，供蜜蜂出入，上头用黄麦草扎顶子。至于蜂房的内部结构，我无从知晓。养蜂人家一般不让靠近，怕你挨螫，怕蜂受惊，怕生人气味。待到人家割蜜时，你就更不能靠近，万一流出口水来，丢人现眼。

起先我并不知道为什么管采蜜叫“割”，现在想来，割，有取舍的意思，是想给蜂们留下口粮吧。

待有人家割蜜之时，半大孩子老远张望。蜂房的顶子揭开了，里边是用木条钉的十字，蜂儿依十字筑巢。

春暖花开的时候，偶尔有一群蜜蜂从蜂房中逃离，或是有整窝的蜂背叛了主人，犹如小小的机群，满载花开的声音。这时养蜂人家急了，随手抓一把土向蜂群扬去，看蜂群呼呼地飞，连绊脚的石头都顾不上了，一追老远。有人急，可也有人乐，忙着在远处花树上采蜂，妄图拦住一大群春天。有蜜的人家，往草帽上抹蜜，没蜜的人家，喷一点儿糖水，吸引蜜蜂过来，一手托着草帽，一手拿着新笤帚往草帽里扫。谁家扫着蜂王了，算是有养蜂的命，他家的孩子，来年就有机会吃一口蜜。说是“有机会”，其实机会很小。扫来的蜜蜂住不惯新巢，说飞又飞了。勉强住下来的，开始闹病，一个个挣扎着爬出门，栽倒再也飞不起来了。

有一年春天，我爷爷和我在老娘沟森林里发现一窝蜂，在一个老椴树根部，蜂们出出进进，一片繁忙。观察了好几次，看它们很像蜜蜂，全部带着甜甜的味儿，以为是野蜜蜂呢。

我爷爷说，和谁也别说啊，等到秋天。

为了一口蜜，我和我爷爷苦苦等了两个季节。

苦苦地等。等，其实倒没什么苦，苦的是守着那个秘密，守着那个很想对人说但无论如何又不能说出的甜蜜的秘密。

终于可以去割蜜了。“一定要把蜜蜂也采回来！”我拉着爷爷 的衣袖说。

悄悄地备下一个蜂房之后，爷爷带上铁镐、木桶、斧头和松明出发了。“草帽儿！草帽儿！还有草帽儿！爷爷！爷爷！戴上草帽！”我喊着追出门，想跟着去，爷爷不让，怕我挨蜇。

去了大半夜，爷爷两手空空地回来了。

原来那不是蜜蜂，是一窝土蜂。

就在这年秋，我们家特意从增大伯家买了一罐头瓶蜜，谁知，其中竟然兑了一多半儿粳米米汤。

此刻，我无法描述采蜂的乐趣，因为事非躬亲。有几次我见蜂群落到野地小树上，便跑回家找来草帽和笤帚，再回去时蜂群已经扬长而去。

我一定要写下这些，是因为我实在想说出我对甜蜜的理解——

甜蜜无所不在，但
人们很少能够得到甜蜜
因为命运只把它
赐予理解它的人……

说出要说的话，突然又想起我曾经望见的那些蜂房中的十字木条来，像十字架。偶见一本书上说，相传蜜蜂最初是在天堂，曾以“上帝的小仆人”著称，在有的佛教徒聚集地，人众至今被喻作蜂群，佛塔呢，又曰“蜂台”。

但凡传说，恍兮惚兮，不足信，也不能不信。

忽见《环球时报》上黑体标题：以色列发现三千年前蜂箱，《圣经》‘流奶与蜜之地’所言不虚。

报道说，考古学家在以色列北部发现了三千年前养蜂业的证据，包括古代蜂房、蜂蜡和他们认为的最古老的三十个完整蜂箱。希伯来大学考古学家阿光凯·马扎尔告诉记者，那些蜂箱由稻草和未烧过的黏土做成，一头有个洞，以便蜜蜂进出，另一头有盖子使养蜂人可以够到里面的蜂巢。发现的时候，这些蜂箱摆放整齐，三个一摞。马扎尔还说，《圣经》中多次提到以色列是“奶蜜之地”，但人们认为这指的是由椰枣和无花果做成的蜜，因为书里没提到养殖蜜蜂。但是，新的发现表明，“圣地”在三千年前就有那么发达的养蜂业。

再听蜂儿之歌唱，赞美中隐含祈祷。

掏獾记

到了玉米吐缨的时候，獾的好日子来了，厄运也跟着到了。丰富的食物，令獾们滚圆滚圆，走起路来一摇一摆，“憨憨的样儿，可怜儿见的”——老太太们比画着说。猎人们可不那么想，一个獾，见玉米乱扑乱啃的，有什么好可怜的！有人用枪打，有人用夹子夹，也有投毒的，都不怎么灵。

好猎人心想：獾，那得去掏。

獾的种类不一，有猪獾、狗獾、狼獾，似是因其与猪与狗与狼相像得名。小时候我只见过猪獾。听说有人掏得芝麻獾，一窝几十只，大概是因其个头小数量多而得名吧。

獾，穴居，昼伏夜出，糟蹋农作物。獾油可治烫伤，皮可做褥子。古人认为獾肉是美味，《吕氏春秋·本味》中说：“肉之美者，猩猩之唇，獾獾之炙。”

那年秋天，邻村小伙子胡海成在我家前山割柴，挥舞着镰刀跑下山来，说是捯着獾刚刚拱过的痕迹追寻，见一獾在洞中，两眼还放着绿光呢。村人不以为意，说就算是有，也早就跑没影儿了。胡海成喘着粗气说："跑……跑……跑不了，用石头堵着洞口呢。"好几个人热热闹闹赶到獾洞，见果真有獾，手舞足蹈。有经验的人说那是獾临时挖的土洞，不深，随手砍棵带杈的小树，削去树枝，将叉子探进洞中，三拧两拧，往外一拽，待獾止步不前，又往回一送，然后猛地一拽，就把个小獾给拽出洞来。按猎人规矩，见面有份儿，一个小獾，塞了牙缝儿了。事后，胡海成有些后悔，说早知那么简单，还不如自己掏呢。

我也想去掏一只。每到秋天，带了事先预备好的叉子，田间地头，山坡石砬子，见洞就望，望得眼绿，未见绿眼。

倒是我父亲运气好，头一回跟着我安二伯上山掏獾，就在石砬子下发现一洞，且有绿莹莹之光，领略了掏獾的快乐。黄昏，他们用木杠子抬了那獾归来，很沉的样子，到家一称，才二十三斤。安二伯说："已经是大獾啦！"似乎因是大獾，不够抬的份儿也一定要抬着，不然还叫什么凯旋呢。

我父亲掏獾上了瘾，又去转悠。有一回，见一石缝沾着獾毛，地上有獾的足迹，悄悄与申大伯说了，申大伯去那里一看，断定洞里真的有獾，还不止一只，只是工程浩大，要劈石头，深挖洞，只好又请了行家勤大伯，带足家什干粮，去打硬仗。他们跪着，爬着，整整挖了一天，见石洞依然深深，改用火攻。勤大伯本来不让动火，动了火，烟一熏，这个洞三五年内就不再有獾来住，断了后路了。勤大伯小声说："开熏之后，千万别出声儿，让獾知道有人在洞外，宁死不肯出来。"兄弟们点头称是。将干柴点燃，加湿柴生烟，一个个脱了褂子往洞里猛扇一气，洞里扑腾腾一阵乱响，继而乱叫。勤大伯脸上流光溢彩，心头泛起阵阵美味来，而申大伯终于情不自禁，“呀呀”大叫起来。

勤大伯一拍大腿：“完了！”

申大伯一拍大腿：“你怎么敢大声说话？”

到了嘴边的肥肉，说没就没了。三兄弟疲惫而归。看他们的脸，一个个烟熏火燎。

后来申大伯特意到那山洞去，老远一股恶臭。直到许多年以后，提起这件事来，他还不好意思，还嘱咐我说：“不该你说话的时候，你千万别说。”

我父亲回忆起掏獾的事来，也若有所思，说是，一回偶得，百回受累，或可再得，因一时冲动，又失去了……

见我在写掏獾的事，父亲建议写写獾的冬眠，说是獾将那尖嘴对着自己的臀，整整一冬，让那有限的食物循环往复。而在我模糊的记忆中，獾，一到秋天就往洞里储存食物。它们储存了食物，依然让腹中之物循环往复，为什么呢？习性使然？

蝉 鸣 记

在一家报社主办的“天雄杯全国新诗大奖赛”参赛作品中，有一首诗叫《蝉鸣》，我偏爱之。我一再向其他评委鼓吹、推荐，大伙儿却认定它没有我说的那么好——孤掌难鸣。私下里，我评判一件文艺作品，首先是把握设身处地这一尺度——假如“我”也来操作之，是比人家强呢还是自愧不如？我说《蝉鸣》不错，也正是因了我的自愧不如，因为我也写过《蝉鸣》，费劲巴力断断续续写了好几年。

一只蝉
曾经有十七年被尘埋
而后放风

两只蝉
为妻者必定是哑巴
脉脉深情默默而终

原来我以为，蝉是每年都要上树歌唱的，谁想它们要在暗无天日的潮湿的泥土中守候那么长时间。科普读物中介绍，蝉是世界上寿命最长的一种昆虫，一生大多在地下度过。幼虫一般要在地下待二至三年，长的要五六年。已知的在地下时间最长的蝉是美洲的十三年蝉或十七年蝉，也就是说它们每隔十三年或十七年才孵化一次，遵循的是一种奇异的生命循环。

我专门到太行山下白鹿泉附近的苹果园看蝉，见它们从地下钻出来时还没翅翼，前腿却坚强有力，很快爬上苹果树，脱掉浅黄色的蝉衣，变成有翼的蝉。蝉衣落到地上变黑，头上两个窟窿，样子像是儿时听大人们描述的“小鬼儿”，怪吓人的。天暖和了，蝉们鼓翅而鸣，有一种“呜呜呜呜——哇，呜呜呜呜呜——哇”，天越热鸣叫越欢，且有金属的音质。本以为是蝉都会鸣叫，谁知只有雄的才叫，它是在呼唤它的哑巴妻子。一个大声呼唤，一个沉默不语，不对等，但对称。受精的雌蝉默默劈开嫩枝产卵。几星期后，雄蝉和雌蝉在完成种族延续任务后，双双死去。受精卵则在枝内自主孵化，新的一代诞生。幼虫从树上掉到地上，又钻进土里进行漫长的隐居，直到它们在地下住到一定时候，才又爬上地面，举行属于自己的婚礼。有了如上认识，加上原先六行垫底，又过了一年，我拼凑出另外“两只蝉”来：

总有一位正拱破泥土
不顾头上有怎样的天空

四只蝉
在高枝之上鸟雀之下
为谁而鸣

经年得来这么几句，一看，没啥意思，也没出息，借用的是古人说过的话。古人不是说过“乱山秋雨后，一路野蝉鸣”吗，不是说过“黄雀在后”吗？还说过诸如“秋来吟更苦，半咽半随风”之类。可我坚持守护我的诗，这是因为，我有我的发现——你说这世界对蝉们来说多么那个我都同意，但总还有另一番情景：总是有拱破泥土的，就像种子发芽，长出小苗。

写了几节，强行收工。某日去《诗神》编辑部，见诗人大解手托一泥丸，有铅球大小。大家议论纷纷，有人问这是什么蛋蛋，有人问这是什么球球。诗人旭宇说，看看不就知道啦，抄过来顺手一扔，泥丸摔在地上扑哧裂开，里面原是一只作古的蝉虫儿。正是这只蝉虫儿，令我为我的《蝉鸣》新添了如下六行：

又一只
永远把自己包在泥里
对心中的秘密守口如瓶

我是另一只
我的嘴唇总是湿的
又有什么能够说清

为此陶醉一番，陶醉于这世上有许多事情，尤其是诗，美在不能说清。

谁知偏偏另一种美，在于观察仔细、描述准确、说得清楚。如法布尔在《昆虫记》卷五中对蝉鸣的描述。

什么是蝉鸣？这才是蝉鸣。我原来还以为蝉是用嘴鸣叫的呢。幸亏是写诗，不然“对心中的秘密守口如瓶”和“我的嘴唇总是湿的”之类，会不会让雌蝉知道了也大声惊叫？

好玩儿的朋友看了如上文字，说是干巴，太干巴了！什么蝉不蝉的，不就是知了猴儿嘛，你听我说（依据记录整理，经其审阅）：

在柳树下挖知了猴儿，要看洞口大小，最保险的是开了一点儿口儿的不规则的洞，用小树棍儿轻轻一挑，就看见一点儿贼亮。这时候千万不能用手挖，一挖知了猴儿就往后退，如果退回去，就再难捉到了。要用很细的棍儿轻轻伸进去，逗它，等知了猴儿的腿挠住棍子，再轻轻把它拽出来。很多没经验的小孩儿会用手抠，所以就经常看见憋死在洞里没法完成蜕变的变成绿色的知了猴儿。小时候大家都说知了猴儿看不见，因为外面那层壳包住了它的双眼，于是就打赌，把知了猴儿放在画好的圆圈儿里，一方又是跺脚又是喊叫，一方拿着棍儿在知了猴儿眼前晃，知了猴儿要么一动不动，要么冲着棍儿就去了，所以都说没变成知了的知了猴儿都又聋又瞎又傻。把聋瞎傻的知了猴儿扣在筛子下面,过一夜就变成知了了。把知了翻过来，一掰，有镜子的能叫，没有镜子的就是哑巴了。把能叫的知了依然扣住，到了中午就能听见它们的叫声了。哑巴知了会被淘气的小子用火烧了吃。小时候曾拿着手电筒整夜观察知了猴儿变知了的过程：怎么看也没啥变化，可是一眨眼，知了猴儿的身子就肿了，然后再一不留神，肿了的知了猴儿后背裂开了一道缝儿，等撒泡尿回来，知了已经拖着皱皱巴巴的翅膀傻乎乎地出来了。看着那个丑家伙，无论如何也想不出这团湿不拉儿的东西怎么就变成了白天那个振翅高飞的蝉。蒙眬睡去，等早晨醒来，听见筛子下面有嗡嗡的声音，一看，知了趴在筛子眼儿上正试图高飞呢。有的小孩儿为了证明没有镜子的知了不能叫唤，就拿根小棍儿捅破有镜子的知了的镜子，那知了果然就不叫了。要想逮变成知了并且飞上树梢的，十分费劲。于是小子们就用马尾巴上的鬃毛套知了。把弯成细圈儿的马鬃绑在一根细长的竹竿儿上，悄悄接近知了的头部，等知了一惊往前一飞，正好落入圈套。也有用面筋粘知了的：把面粉不断过水冲洗，只剩下一坨黏黏软软的面筋，捏一小块涂在竹竿儿上，让面筋悄悄粘住知了的翅膀，任它怎么挣扎，也飞不掉了。现在的高楼越建越多，城里鲜见了高耸的笨槐，却多了被砍掉树帽儿的洋槐，夏日的晚上再也看不到孩子们拿着手电筒在树下寻觅知了洞的情景了。有一回我弟弟去山东，在高速收费口看见旷野里灯光绰绰以为见了鬼。后来他一打听才知道是男女老幼一干众人打着手电提着水桶在树林里捉知了猴儿,而路边，一群一伙的妇女正提着大袋小袋蠕动着的鲜活知了猴儿兜售，那场面就仿佛知了猴儿是种在地里等着人收获似的。过年的时候我弟弟在超市冷柜里看见了冻着的一大袋子一大袋子的知了猴儿，遂买了一袋，回家数了数，一共三百个，一个三毛钱。

养　蚕　记

“春蚕到死丝方尽”，不过是一句实话。实话入诗，如果是命名，是对现实的确立，有生命的感发，便有了不同寻常的意味。

我家养过春蚕，也养过秋蚕。养秋蚕，喂了不少叶子，养到纷纷上了橡子树，半截透亮半截黑，噼里啪啦掉了下来，白忙活一场，不说也罢。养春蚕，养到“春蚕到死丝方尽”，一斤蚕茧卖了一元二角钱，记忆深刻。要写这篇短文，想到父母对养蚕应该比我知道得更多，急忙回家召开“养蚕座谈会”。父亲说：“好几十年过去了，忘得差不多了。”母亲说：“只记得忙活一春天，差点儿累死，一斤蚕茧才一块二毛钱！”说着说着，母亲用力一比画：“一斤这么一大堆！那个王八年头儿！”

老人家的记忆靠不住了，只好靠自己慢慢回想。

记得是坝墙沿儿上的大叶桑冒芽了，打着卷儿的叶子刚要展开，上面把蚕连摊派下来了，省里摊到县里，县里摊到公社，公社摊到大队，大队摊到生产队，生产队摊到一家一户炕上。上面摊派，谁敢说不。

蚕连就像一张张砂纸，或者说，细小的蚕子粘在纸上，犹如细小的黑色砂粒。把蚕连放在笸箩里，采来嫩嫩的桑叶，用剪子剪碎撒在上面，掸上几星儿清水，悄没声儿就有了动静，不知什么时候，蚕儿从蚕子中钻出来了，爬到细碎的桑叶边缘，小小蚂蚁一般，所谓蚁蚕是也。

小蚕儿慢慢吃，慢慢长，慢慢变白，越变越多，移到秫秸扎成的蚕箔上，一张张搭到蚕架上。

长大的蚕变成了一节一节的，煞是可爱。捏一只放在手心，仔细瞧，从头到尾十三节，身体两边还排着小圆点儿，老人家说，那是气门儿，是蚕用来出气儿的。再仔细瞧瞧，蚕背上由头数第三节还有两个鼓包儿，老人家说别摸别摸，一摸就要了它的命。后来才知道，那是蚕的心脏，差点儿抛出体外的心脏。

再看满箔的蚕儿，无一例外，八对脚紧紧抓住桑叶边儿，脑袋由上到下连续摆动，吃得好快，一片叶子转眼间就变成蚕沙了。

在满屋沙沙沙吃桑叶的声音里，村庄边缘的桑树哗哗发抖。

考古工作者发掘到战国时期的《采桑图》，十分逼真地描绘了当时劳动妇女采桑养蚕的场面。《采桑图》恰好通过《诗经·十亩之间》等诸多相关诗作得到了印证。我还曾经信手摘录过这样一段文字：

春天里一片阳光，黄莺在歌唱。

妇女们提着箩筐，走在小路上。

去给蚕儿采摘嫩桑。

据说这是诗经现代汉语版，可惜怎么核对《诗经直解》之类的书籍也没找到与之对应的诗句。好在凡念过书的都熟悉乐府诗《陌上桑》:“日出东南隅，照我秦氏楼。秦氏有好女，自名为罗敷。罗敷善蚕桑，采桑城南隅。青丝为笼系，桂枝为笼钩……”真美好，太美好了。

可是，我见到的采桑情景可没有如此诗意。村庄边缘的大叶桑采完了，人们开始争先恐后地从山脚往山上采，采一种叫作“明桑”的山桑,其中最好的一种叫“虎皮桑”,采到深山老峪，直上断壁悬崖。因为采桑，死人的事儿时有发生。山高路远，又渴又饿，有的人中暑昏在路上；有的人遇到鬼打墙，扛着荆条篓子满山跑，就是找不到回家的路，等家人找到他们，有的已经不行了。死人最多的是悬崖上。采桑人随手砍下带杈的树枝，倒过来当钩子钩住悬崖边的桑树枝，遇上粗枝，钩着钩着没力气了，树枝猛然反弹，遇上老枝枯枝，突然折断，都能让人摔下悬崖;有时采完一枝桑叶，松手不利落，人被树枝带动，顺势也被带下了悬崖；有时见到难得的虎皮桑，眼前一亮，竟忘了身在悬崖，向前一凑，恍惚中自己就迈了下去……都说是汉武帝向西开拓了丝绸之路，谁知起点原在采桑人足下，有的刚一抬腿，就拐到了黄泉路上。

要是“明桑”也采光了，前赴后继的采桑人，只好采“毛桑”，干巴巴儿的带着白毛儿，饥蚕勉强能下咽，最终吐出又细又黄的丝来。要是连“毛桑”也采绝了，蚕还张着嘴等待最后一口桑叶,那就前功尽弃了。守着已经半截儿透明的死蚕，养蚕人大哭一场。

春蚕的一生四十几天，四次蜕皮，蜕一次皮，成长一次，而每次蜕皮都是在睡眠中进行，叫作蚕眠。我父亲说春蚕好像有五眠，那是说四眠把春蚕的生命分为五个阶段。

四眠过后，春蚕的身体一天天明亮起来，最后变成了亮葫芦，爬上事先为它们插好的黄蒿蚕蔟，摇头晃脑地吐丝，作茧自缚，把自己变成蛹。如果有幸留作蚕种，不被热锅缫丝，蛹就变成蛾子，破茧而出，雄雌交尾，在纸上甩子，成为又一张蚕连。

养 猪 记

“穷养猪，富读书。”老话是这么说的。

自打我记事起，燕山里好像没有不穷的人家，家家养猪；似乎也没有不富的人家，卖了猪供孩子念书。

我家一年至少养两头猪，常常是三头。一头交国家征购，上面派任务；一头杀了过年，不然一年到头吃不着一口肉；另一头是老母猪，专门为了卖小猪，供我们兄妹念书，点灯吃盐，也为了积肥。

我家养猪，表面上是一家人的事，其实主要是我妈妈一个人的事。

我家的老母猪，换过好几个，基本上是约克夏猪种，乡人称之为“巴克夏”，个个争气，两年保准下五窝猪崽儿，每窝都在八九头朝上，最多一窝下了十四头。我的姨夫家，就是因为祖上养了争气的老母猪,有一窝一下子下了二十四头猪崽儿，卖了猪买地，成了富农。我家的小母猪，都是妈妈挑来的，要的是喙短，额平，背长，蹄齐，乳宽，毛稀，精心喂着，先把骨架撑起来，再催膘。母猪犯圈，去打圈子，我妈妈领着，我在后面赶着，路过厂沟、花宝石两个村子，熟人见了，常常羡慕。有管妈妈叫嫂子的，也忘不了趁机开个玩笑，这个说“嫂子你打圈子去啊”，那个说“嫂子你找公猪那个去啊”。不管他们说什么，妈妈不吭气，只管“嘞嘞嘞”领着猪走。我妈说，要是还嘴，还不知道后边有啥好话等着你呢。给母猪打了圈子，有人赶上就跑，妈妈不让，她打量一下，找个斜坡，给母猪挠着痒痒，让母猪顺坡而下。

母猪下小猪的时候，下一个哆嗦一回，坚持着一再把后腿抬起来，让小猪往外爬。下完小猪的老母猪，浑身烫手，妈妈赶紧找张羊皮给它盖上。提前已经把小米粥熬好，平时人舍不得吃小米，给母猪留着，妈妈认为小米是败火的。看着猪喝小米粥，我馋得口水直流。我们小村叫西沟，几个叔叔曾经坐在地头上编过一个顺口溜：“一进西沟门儿，稀粥一大盆儿，盆里照个碗儿，碗里照个人儿，要想吃干的，等到年三十儿。”人吃的粥，是玉米粥，稀汤寡水，我家老母猪的待遇，用我妈的话说：“比我坐月子还高呢。”下了崽儿的老母猪有时会发烧，妈妈把卤水兑上水，拿个铁勺子蘸着卤水给母猪刮痧。小猪一落地就知道吃奶，叼住哪个奶头就不再换了，直到出窝。靠中间的奶头头大，奶水多些，赶上的小猪长得就快，也光亮。小猪一着地，我妈赶紧拣小个儿的抓到中间去，让它把大奶头占住。赶上老母猪雪天生产，小猪一蹚雪准得拉稀，我妈赶紧把猪圈扫了，捣半碗蒜泥抹在母猪奶头上，把母猪蜇得“哐哐”

直咬，把小猪辣得直打扑棱。这是没有办法的办法，是我妈妈的创造，小猪的命还就真的保住了。

看着小猪一天天长大，小尾巴一个个卷成花儿，是我们一家人最高兴的时刻，忍不住把它们都撒出来到河沟里放放，谁见了都眼红。谁知卖小猪并不容易。卖给家门口，今天你抓一头，明天他抓一头，吓得小猪乱窜不吃泔水，老母猪急得患角膜炎。再说谁也不给现钱,念书的可是每个星期都得拿钱呢。妈妈宁愿跑远些，用独轮车把小猪推到四十里之外的半壁山大集上。有一年猪崽儿价钱好，十一头小猪卖了一百三十块钱，妈妈攥紧了不敢撒手，到家钱都热了。赶上灾荒年头儿，人都饿着，谁也不买小猪，老母猪领着小猪去吃草，妈妈急得自己给自己刮痧。

要说养猪有多辛苦，妈妈至今也怕提起，她说别提了别提了，一提就腿肚子转筋。赶上夜里下大雨，猪圈里一会儿就成了池塘，妈妈顶着锅盖去把猪拽出来。有一回洪水突然来了，灌满了猪圈，妈妈紧着往猪圈跑，眼见老母猪自个儿蹿上来了，小豹子一样，她一屁股坐在泥里，搂着猪不放。有一天妈妈上山采猪食，找不着下山的路了，怎么走，底下都是悬崖。本来扛着猪食口袋两腿就哆嗦，叫天天不应，叫地地不灵，一下子瘫在山上。妈妈采的是椴树叶子，那是当时最好的猪饲料了，平时舍不得给老母猪吃，专喂肥猪交征购，老母猪坐月子才特殊照顾一下。

为了喂猪，妈妈下地干活儿的时候，见了猪爱吃的植物就拔下来塞进裤兜。忙了顾不了那么多了，见了蒿草就捋，用嘴尝尝不苦，药不死人就给猪吃。可是猪也不是那么好将就的，并不是什么叶子都能下咽，有时拱来拱去拱出槽子，有时干脆把槽子拱翻。实在没辙，偷着抳点儿大粪搅在槽子里猪才吃起来。这时生产队长闻着味儿了，挨家挨户地查，见着抳大粪的勺子就罚款。有一天妈妈在地里和他吵起来了："你们老爷们儿，就知道上嘴唇下嘴唇一碰，说得轻巧。要交征购猪，过年你们还想吃肉，大粪又不香，谁愿意喂它，还让老娘儿们活不？"队长媳妇也跟他吵："老爷们儿就知道等现成的，不知道老娘儿们多辛苦！"她们把队长吵蔫儿了，不罚了。

堂兄福申家，劳力少，孩子多，就靠养猪、卖猪挣钱，不然入冬孩子连棉裤都穿不上，几个孩子昼夜在炕上抢那一床破被子。那年忒倒霉，他家接连死了八头猪。我家有一头半大猪，我妈说："大侄子，你先把这头抓去吧，钱好说。"结果抓去没几天，嫂子在山梁喊我妈："老婶子，老婶子，猪又病了，你给刮刮来吧。"我妈端着卤水就上去了，一看，刮也白刮，是一种传染病，眼看着猪都蹬腿了。我妈说："大侄子，我把猪抱回去，好了再给你抱来，死就死在我家吧。"我妈见福申大哥病得不轻，怕他上火。福申抓过另一个老婶子家的猪，秋后算账那天晚上，那个婶子就上他家要猪钱去了，他病得快要死了连药都吃不上，哪里有钱还账。福申大哥这么一想，猪要死了这个婶子抱回家，明知我没钱那个婶子来要账，都是婶子，差别怎么这么大呢？没等过年，福申抑郁而终。

而今，养猪这个在河姆渡时期就已经存在的古老行当，已经走到了生产力巨变的节骨眼儿上，散养已经基本终结。在我老家，只有福申的一个儿子和一个女儿家还在养猪。福申的儿子刘震，甭说给猪喂草，连黄瓜也不让他媳妇喂了，他说吃草吃菜长大的猪，看着架子不小，不压秤。我妈听了，那叫高兴，让刘震摘了两编织袋子老黄瓜，背到城里包饺子。

捉放鸟

中央电视台《实话实说》节目刚开办不久，主持人组织了一次“鸟与我们”的讨论。赞成养鸟的人有一大堆理由，最普遍的说法是听鸟语，说是真有听懂了的，说得有鼻子有眼；还有人说养鸟利于健康，起先高血压，养了鸟，就那么一遛，血压遛下来了，给国家省了多少药钱啊。

养鸟的说爱鸟，不养鸟的也说爱鸟，我听了挺纳闷：是养鸟的不如不养鸟的爱鸟呢，还是不养鸟的比养鸟的更爱鸟？至于是否应该把鸟关在笼子里，争来争去，意见不一，面红耳赤。但有一点达成了共识，如果人是鸟，被谁关在笼子里，不成。有个孩子发言说：“我觉得我们应该征求一下鸟的意见。不妨做一个试验，家中养鸟的同志，把鸟笼打开，如果笼子里的鸟往外飞，那我赞成放飞，如果笼子外的鸟争先恐后地往笼子里去，那我就赞成养鸟……”孩子的话，当即就被掌声淹没了。

是时，我父亲就是“家中养鸟的同志”，养了一对画眉，听了孩子的话，试着把鸟笼子打开，把阳台的窗子也打开。画眉先是往外飞，在阳台上飞了一会儿，累了，又往笼子里飞。当然，一共两只，说不上争先恐后。

也是从那期节目中得知，北京有个“养鸟爱鸟协会”。我不养鸟，不了解这个组织，凭直觉，我觉得一个组织把“养鸟”和“爱鸟”联系在一起有点儿牵强。人们愿意饲养一些观赏鸟类，训练它们说话唱歌，陪伴自己生活，正如许多人养猫、养狗一样，本来无可非议；但要把这个说成是“爱”，第一个站出来反对的，可能是九百多年前的大文豪欧阳修。他在《画眉鸟》一诗中写道：“始知锁向金笼听，不及林间自在啼。”另一个站出来反对的，该是郑板桥了，他说得更清楚：“平生最不喜笼中养鸟。我图娱悦，彼在囚牢，何情何理，而必屈物之性以适吾性乎？”他不仅反对，而且提出了植树招引，为鸟类和人类共建良好环境的设想：“欲养鸟莫如多种树，使绕屋数百株，扶疏茂密，为鸟国鸟家。”还有师生俩，将一同站出来。近代画家丰子恺作了一幅题为《囚徒之歌》的画，半空悬一方形鸟笼，笼中一鸟栖架上，作鸣状。他的老师弘一法师从旁题诗曰：“人在牢狱，终日愁欷。鸟在樊笼，终日悲啼。聆此哀音，凄入心脾。何如放舍，任彼高飞。”

当代海外华人诗人非马亦曾写过一首诗《鸟笼》：

打开
鸟笼的
门

让鸟飞
走
把自由
还给
鸟
笼

诗人的感受还真别开生面与众不同：打开鸟笼，解放的是鸟，也是鸟笼。关着鸟的笼子与笼子里的鸟，原来相互桎梏。这个理解自有深度。

只是放鸟也难，养惯了的鸟儿，放了不知道往哪儿飞。但不知鸟笼是否寂寞。

大千世界也有例外，前几年我居住的这个城市出了奇事：有百岁老人，曾救助并豢养了一只鸟儿，在鸟儿羽翼又丰之后，老人打开笼子将其放生。过了几年几月几多时日，养鸟老人一百岁了，就在老人百岁寿诞的清晨，此鸟亲率百鸟为恩人祝寿，一时众鸟齐鸣，上了电视，满城大吉。

大　鸟

许多鸟可以称作大鸟，只要够大。

我说的大鸟，专指鹰。

小时候不知鹰的大名，见它翱翔，随手一指说："看，大鸟，比锅盖还大。"长大了我也一直改不了口——看，大鸟。

儿时山里有什么好看的呢，看山是山，除了看山，往高了看，除了星星，就看大鸟。我见过许多大鸟，飞得高高的，依然大，猎人的火枪是够不着的。

看大鸟在天空静静地飞，有时还静静地停住，像天空的补丁。有时它们也盘旋，然后拢起翅膀，"嗖"地穿过山谷，向下，再向下，在翅膀扇起尘土的一瞬，又猛地向上，那是老鹰抓小鸟，或者抓兔子，有时也抓羊羔。大鸟冲下来的时候，树也是要把腰猫下的，让它拍一下，树也昏倒。有一回我去南山砍柴，眼看着大鸟在山坡上抓起一只兔子，抓到空中又扔了，当它试图冲下来再次抓起时，我连呼带喊，顺手把镰刀向它扔去，大鸟悻悻地朝天上飞去，还回头望呢。兔子归了我，又大又肥，乐得我颠儿颠儿提着往家跑。见了兔子我娘没夸我，说你个傻小子，闹不好连你也给抓了去呢，拍你一翅膀也没魂儿了。

燕山上的大鸟，总是把窝建在险峻的峭壁，云里雾里，猫也爬不上，猴也够不着。只有诗人能够看见大鸟的蛋，说那蛋是蓝色的，蓝得如同晴空，还有星云一般的花纹，发着闪闪的光。

据说，大鸟是世界上最长寿的鸟类，能活七十岁。为了活到这个岁数，它在四十岁的时候要面临一场严峻而艰难的抉择。那时它的爪子不再锋利不再敏捷了，常常抓不住猎物；尖锐的喙老化了，弯曲了;翅膀也已经钙化，不再灵活，变得沉重……这时它面临两种选择，要么死去，要么经历一场历时小半年的痛苦蜕变。如果选择后者，它就必须飞到一个绝高的山顶，找一块岩石面对着，暂时停止飞翔。它要在石头上打磨它的喙，直到老皮完全脱落，新喙长出，用新喙把老化的指甲一个个拔掉，待新指甲长出，再用爪子把羽毛一根根揪掉……蜕变后的飞翔，给大鸟以半生生命。这些我没见过，不知真假。

有一天我父亲在饭桌上说，那年乡亲们在山里种地，突闻大鸟惊叫，羽翎乱飞。原来是蛇爬到它窝里去了，一条大蛇，像一条檩子。大鸟敌不过它，于是大叫，招来满天的大鸟，黑压压群起攻敌，仍然斗不过。不知从哪儿赶来两只小鸟，一个向上，一个向下，继而向下的往上冲去，向上的往下杀来，顿时蛇血就喷了出来，一道红光！我父亲喝口粥说："你猜怎么着？那向下的原来是到河里去了，弄了满身泥沙，冲上去一抖翅，蛇眼想睁也睁不开了。那向上的呢，原是刀客，与另一只打个时间差，一下子就削了蛇头。”家人听得入神，都说：“好，好！好！快写成文章。”我抢先下手写起来，一写，才知道这故事的不可靠。凭种地人的肉眼，远远地，怎看得如此真切？还什么檩子一样的蛇、喷涌的蛇血、满身的泥沙、乱飞的羽翎，编的。而编，怎么也编不圆。

我也曾编过一首诗，说大鸟没有坟墓，活到老，不断地向上飞升，直到在雷电中焚化，变成火烧云。后来我又设计让大鸟撞崖而亡，为的是不让人们得到它的翅骨，不让人用它的翅骨做笛子。可是，看见有人手里拿着鹰翎扇，有人吹着鹰笛，我就只有丧气的份儿了。文学主要是事实的呈现，诗也一样，瞎编不行。

在宁静的回忆中想大鸟，写下我在大鸟影子下面的感觉：

只有在它的影子下面
才能感觉它的分量
它的影子从山脊碾过
山响　水响
兔子兔孙全部支棱起耳朵
山雀子全部闭上眼睛

也只有在它的影子下面
你才能很有把握地认定
大鸟已经老了
而它背负的天空忒重

把天空交还给天空的时刻
即将来临

想来想去，我父亲说的那“两个小鸟”，是年轻的大鸟呢，还是另类？

其实大鸟和鸟儿不一样，再大的鸟也是鸟，再小的鹰也是鹰。超越最高山峰的翅膀，那才是鹰，它是群山的预警机，整个鸟群的敌人，俯瞰世界寻找对手。

国外有一个关于家养大鸟的故事，有些令人意外。

说的是一只黄嘴雏鹰，被几个男孩儿发现了，带到教区牧师家里。好心的牧师精心照料它，渐渐把它当作家里的一员收留了。就像童话故事中的丑小鸭，它在嘎嘎叫的鸭子、咯咯叫的母鸡和咩咩叫的绵羊中间长大了。它通常在靠近牲口棚的一处旧篱笆上歇息，坐在那儿等着女佣把食物送来。有时，特别是在起风的日子及雷雨到来之前，一种模糊的渴望在它的内心苏醒，它会一连几天坐在那儿，把喙插进胸前脏兮兮的羽毛中，一动不动，什么也不吃。突然，它张开翅膀，像是要拥抱蓝天，骤然勇猛地冲向天空——可惜这种飞翔通常很短暂。它的翅膀被修剪了，在笨拙地拍打一会儿之后，它就掉到地上，满怀困惑地跳上几步，伸着脖子急忙躲进某个黑暗的角落，好像感到万分羞愧。这样生活了两年，老主人去世了，再没人懂得照料它了。有一天，当新鲜的南风吹来春天，它忽然发现自己站在了一个大谷仓的房脊上。它自己一点儿也不知道这是怎么回事。像从前一样，它栖息在篱笆上，沮丧地做着梦，突然一阵懵懂的对自由的渴望令它张开翅膀飞翔，可这回它没像上回那样掉在地上，而是一下子升到了空中，这让它害怕。它从未在如此高的地方往下看。它起劲儿地转着脑袋，一会儿这边，一会儿那边，无法抗拒飘动的云彩与碧蓝的天空的吸引，它张开翅膀向上飞翔。一开始还小心翼翼，很快便有把握得多了。终于，伴随着一声快乐、野性的尖叫，它扶摇直上，在高高的天上盘旋了一圈。一下子，它明白了做一只鹰意味着什么。村庄、森林和被阳光照耀的湖泊从它下面滑过。它向着苍穹越飞越高，飘然陶醉于广阔的地平线和自己翅膀的力量。突然它停了下来，周围浩大的虚空令它害怕，它开始搜寻一处可以歇息的地方，开始想家……经过一夜艰辛的飞翔，第二天早上，可怜的它回来了，缓缓降落着——家——家，快到家了。然而意外突然发生了。一个雇工正巧发现了它，以为是老鹰来抓小鸡了，赶快跑进屋子里取了枪，藏在一棵树后面——开火了，天空中飘荡着羽毛……

在家禽院里长大的大鸟，像石头一样笔直地落在粪堆上。

因为一种怀想，无论到哪儿，我常常不太关心脚下，而更关心天空——

看见了看见了我看见了
到处都是你的影子

以闪电的姿势你冲下来啊

哪怕你以我为猎物
哪怕你一把把我揪住
一把把我揪起来抛在半空

哪怕是你
拖着与狼共舞撕裂的翅膀
那失败破烂的旗帜
哪怕是你
戴着镣铐的骨架暗自哭泣
假装把头藏在风中

大鸟飞剩下的天空之下
双臂呼扇成幻象
飞　飞
飞啊　又像是驱赶

除了2011年5月在西藏连续一周的仰望不失所望之外，我面对的常常是大鸟飞剩下的天空。

啄 木 鸟

在我老家，老南沟大砬堂对面的大黑石头旁，有棵老杏树，老得不能再老了，树干上千疮百孔。

天欲晓，大砬堂传来“笃、笃、笃……”的回声，连续不断，像山庙里的出家人敲打木鱼。

啄木鸟又开始了一天的忙活。

绿色的啄木鸟，山里很少见到类似的鸟儿。

它不像别的鸟儿那样站立在树枝上，它总是攀在直立的树干上。原来，一般的鸟儿足生四趾，三趾向前，一趾向后；它的四趾，两个朝前，两个向后，趾尖上都有锐利的钩爪。它把尾巴也用上，需要时成为支撑身子的支柱。它有力地抓住树皮不下滑，还能在树干上跳动，沿着树干上下左右自由移动，或者围着刚开凿的树洞转圈爬行。

它的窝儿就在那老杏树上，在它自己开凿的树洞里，那是它的老根据地。我曾经爹着胆子爬到这树上，要伸手摸蛋，又赶紧缩回来，怕有蛇芯子突然冒出。我曾经不止一次看见蛇盘在树枝上，有时从树洞里冒出蛇头。我还担心，被凿得大窟窿小眼睛的杏树，已经不堪重负，在我的怀抱里咔嚓断了。树林里，风雨之后，啄木鸟凿洞密集的地方，常常是树木折断的茬口儿，尤其是山杨树。

坐在大黑石头上仰望它忙活，有一个问题令我不解：那么硬的木头，怎么说凿就凿开了呢，嘴又不是凿子。美国科学家菲力普·梅依利用特制的电影摄影机，回答了我的问题。原来啄木鸟啄树找虫吃,每啄一次的速度达到了每秒五百五十五米，是声音穿过空气速度的一倍还多。以这么高的速度啄树，树干很容易被凿开。可是，啄木鸟在这种连续不断的震动下，为什么不会脑震荡和感到头痛？生物学家对啄木鸟头部进行解剖，发现它的脑壳周围有一层骨骼，像海绵一样，里面吸附着好多液体，起消震作用，外围还长满了能起减震作用的肌肉。当它啄树时，头部和喙的运动方向，严格地保持直线运动。

科学家由此得到启示，制成了防震头盔和安全帽。

2011 年 7 月 23 日，我回老家，想再看看老杏树上的啄木鸟，可走近了一看，只剩了那块石头。我悻悻地回到老房子，见门前靠东的那棵老垂柳上，竟然有啄木鸟刚刚凿开的一个洞。我对我家老爷子说，该在这两棵树的边儿上栽上新树了。老爷子看了看说，不用，这不挺好的。他老人家哪里知道，一棵表面看起来粗壮的大树，已经被蛀空了。

灰　　鸟

在我们河北作协办公楼的南墙根儿，有四棵雪松。几只灰鸟打南边奔雪松而来，远看以为是乌鸦，近看不是，没那么黑，比乌鸦小。我跟几位同事打听，同事们也全都叫不上它们的名字。前年春天，灰鸟在雪松枝杈间筑巢，静悄悄的。有一个正对着我办公室的窗口，就在我眼皮子底下，松松垮垮的，比较粗糙。某日大风，我在树下正为鸟巢担心，眼见呼呼的风把鸟巢刮下来了，“吧唧”摔在草地上，横七竖八一摊柴草，其间夹杂着破碎的蛋皮儿蛋黄儿。另外两棵树上的鸟巢，几天之后，更惨，一一摔在了坚硬的石头地面上。去年春天，灰鸟重蹈覆辙，没等生蛋，大风就又把半拉子鸟巢给端了。今年春天，它们又来了，飞走，飞回，反复好几次，在树枝间打量，在树梢上议论，终于没再筑巢。可能是它们想再试一次，有鸟提请汲取前两年的教训，大家商量了半天，见雪松枝干横平竖直，实在不宜筑巢，最终放弃，不知飞到哪里去了。而有一只不知因为何故，一再眷恋这无巢之地，“咕、咕、咕”地叫着，最终于秋夜冷雨中横尸办公楼东门外，一地飘零。

乌鸦不过是乌鸦

乌鸦见鹰孵卵花了整整三十天工夫，就想：“毫无疑问，鹰的孩子一定是因此才变得强壮、漂亮，我也要这样做！”从此，乌鸦也总是用三十天的时间来孵卵，可是它孵出的依然是乌鸦。

这是德国寓言家莱辛的手笔。

我在河南从济水岸边一步步登上海拔两千米的王屋山顶峰——天坛，本想去看百花齐放、听百鸟争鸣，可我只见了一种花、两种鸟儿。花是油菜花，道士所种，巴掌大几片；鸟儿是鹰，是乌鸦。依然是老感觉，鹰如天空的补丁，稳稳当当，仿佛没有它们，天就有漏洞；乌鸦们却飞个不停，叫个不停。有汉子说那是些乌鸦太太，没有它们不知道的，但凡它们知道的，就一定得说出来。在鹰的影子下面和鸦的叫声中，我就想起了莱辛的那则寓言，讲了一遍给自己听，还喃喃地说：“看，一则小小的寓言，也有生活依据。”

鹰与鸦，在眼前，在一处，在高处。

蓦然回首，想起在山脚下看到的庙廊石雕，描绘的正巧是乌鸦的故事。石柱顶上雕一只乌鸦，嘴里叼着吃的东西。扶住石柱，循着中外大同小异的故事想来，要么它身后有许多乌鸦扑来，要么有一群乌鸦在它下面等它张嘴。众鸦也一声不响、一动不动地蹲着。嘴里叼着食物的乌鸦已经筋疲力尽，有些憋得慌，它既不可能一下子吞掉，也不能飞到地上一点点啄碎自己觅到的食物。否则，众鸦群起，一场混战马上开始。它只好那么蹲着，护着那吃食。然而或许是叼着食物呼吸困难，或许是之前被追得心慌，它晃了一下身子，嘴也动了一下，食物忽然掉了下去。群鸦蜂拥而上，混战中，有一只乌鸦煞是机灵，抢到食物马上飞走，呼啦啦身后追来一片。结果是，第二只乌鸦和头一只一样，也精疲力竭，落在自己的影子上，最终也叼不住食物，于是又一场混战，众鸦又去追赶……

乌鸦不住地叫。

我本山民，管乌鸦不叫乌鸦，叫老鸹。老鸹和我们一起家住深山。看书上的乌鸦，总与荒郊、墓地、枯藤、老树相伴。有《乌鸦之歌》，乌鸦“凄惨中夹着哀厉”；有《苦鸦子》，“乌鸦是那么黑丑的鸟……苦呀、苦呀地叫着，更使人起了一种厌恶的情绪”。雨果在其名著《笑面人》中这样描绘乌鸦：“乌鸦的叫却是承认腐败的表示。使人仿佛听到了坟墓打破寂静的声音。乌鸦的叫声有黑夜的味道。”我国古诗词中，乌鸦也是被描写最多的鸟类之一。诗人将特定时刻的乌鸦赋予了特定的内涵。“枯藤老树昏鸦，小桥流水人家”，昏鸦也；“乱鸦投落日，疲马向空山”“群鸦争晚噪，一意送斜阳”，晚鸦也；“带甲满京华，落日孤城闭暮鸦”“树树西风，暮鸦寒不起”，暮鸦也；“寒鸦散乱知多少，飞向江头一树栖”“旧苑鸦寒，荒皋雁瘦，吴霜正染青袍”，寒鸦也；“落雁迷沙渚，饥乌集野田”“数点苍茫里，饥乌接翅归”，写的也是乌鸦，饥鸦也。这些诗句的描写都极富诗情画意，是一种凄凉、荒残的美，并由此影响到汉语。当人们说“呜呼”时，便表示大祸临头或大势已去，如《左传·成公十四年》：“乌呼，天祸卫国也夫！”人们甚至习惯用“乌合之众”来形容松松垮垮不堪一击的军队。

乌鸦是不受欢迎的鸟儿，被认为与死亡有关，它的出现总让人产生不祥的预感，叫声里似乎含有一种诅咒的力量，被认为是在白昼说出的黑夜的预言。有人把乌鸦看成夜的遗腹子，形容成一块黑纱，散布着死亡的浓厚氛围。从前，山东苑城有个名叫史乌程的人，在家闲住。有一天忽然一鸟飞到屋前，叫声和颜色都与乌鸦相似。史乌程见了，便对家人说：“夫人派乌鸦作为使者来叫我了。赶快替我准备后事吧，某月某日我就要死了。”到了那天，史乌程果然去世了，出殡那天，乌鸦又来了，它缓缓地跟在棺材后面飞，一直到安葬完毕。蒲松龄说，这则故事是清代监生山东邹平县的吴木生亲眼见到的。历史上也有过相反的例证。《世说新语》的作者、南朝宋临川王刘义庆，因为得罪了朝廷，被废除了王位。有个晚上，他的妓妾听到乌鸦的啼声，很是兴奋。因为乌鸦白天才啼噪，夜晚很少啼噪，所以妓妾就安慰刘义庆说：“明天可能有赦免令。”果然，他真的得到了赦免。后来他就创制了乐曲《乌夜啼》。

若透过凄凉和荒残来思考，乌鸦又是富有哲理、深度、内涵的一种鸟类。乌鸦常常被说成“先知”、“巫鸟”和“魔”，又总是与灵魂与心境有关。据说，古罗马政治家、雄辩家西塞罗就曾得到过乌鸦的预报。当时他住在乡下，老屋靠近森林，一只乌鸦突然飞来，弄断了日晷的指针，并叼着他的衣服不放。不一会儿，仆人来报：外面来了兵，奉命前来杀他。

美国诗人爱伦·坡的乌鸦诗就更广为人知：

更深夜半有人想进屋，在叩我的房门。

…………

“先生，”我说，“或夫人，我求你多多包涵，

刚才我正睡意昏昏，而你来敲门又那么轻，

我差点儿以为没听见你。”——说着推开了门扇。

十月寒宵，诗人沉浸于古籍之中要打瞌睡了，冥冥中的黑鸟儿来到智慧女神雕像上，一再重复着“永不再”。这一阴郁的谶言，激起了诗人的烦恼和憎恨，于是有了这千古沉哀。

另一位诗人史蒂文斯的《观察黑鸟的十三种方式》，没有直接使用乌鸦一词，而是含混地使用了黑鸟，并做了模糊而隐喻的描写，暗示人们研究乌鸦一类的不祥之鸟，至少有十三种方式。“十三种方式”来源于“十三”这个西方传统的不祥之数。

在我老家燕山里，乌鸦除了深秋和寒冬，一般很少到山下

来，就算偶尔下了山，据说也是带着凶兆的。我上小学二年级那年春天，有一天一大早见一乌鸦在房东南的山杨树上叫，那天邻村老胡家碰巧就死了人。因而我打小就认定，与我们所知或未知的东西息息相关的是乌鸦。现在想来，或许是因为它在高处，它看到了一切，或闻到了什么气味——想到这儿，我又觉得不对了：如果说乌鸦在墓园建集体宿舍，是因为它们迷恋那里的悲凉气氛，但我发现喜鹊也喜欢墓葬之地，到处可见它们招摇的家宅——也许因为这里死者寂寞，可以保证它们自身及子女的安全。真是奇怪，人们很少提及喜鹊的家庭住址，即使听到喜鹊在公墓里闹哄，也只是把它当作布道者。可是，一听乌鸦叫，人们就习惯于沉默，悄悄去找石头。

经过对乌鸦的观察和实验，科学家证实它其实是一种智商非常高的鸟儿——这是被人们的成见一直忽略的。鸟类专家把乌鸦列为世界上进化最成功的鸟类之一。经人驯养的乌鸦，会按照主人的意图去做各种各样的事，如摇铃、叼牌、翻画片，有的乌鸦甚至会学舌、数数、讲话。乌鸦还富有人情味。鸟类学家曾观察到两只乌鸦衔着一只死乌鸦飞到一个池塘上空，将同伴抛入水中，然后一群乌鸦飞来，盘旋在上空发出哀鸣，为同伴开追悼会，经久不散。至于乌鸦会用树枝和其他细枝制作捕捉昆虫的“工具”；至于乌鸦向装了半瓶水的瓶子里扔石子，最终喝到水；至于有的乌鸦会拿铁丝弯钩子，钩出瓶子里的食物；至于乌鸦会在秋冬季节贮藏树木种子，当冬春食物短缺时，仍能在大雪覆盖的雪地中准确地找到那些被它埋藏的种子……这些已经一一得到验证。

“老鸹落在猪身上”，是我家门前冬日一景，也是孩子们相互指责“黑”——脖子黑、手脚黑或者心黑的最核心的话题。第一场大雪之前的乌鸦，比所有季节的乌鸦都黑。一场大雪，什么都白了，唯有乌鸦反而更黑。用力投个石子过去或大喊乱叫一通，乌鸦飞起来，又落下。乌鸦落在猪身上，缩着脖子；而猪要么是在拱红薯，要么是在玉米秸里拱玉米。乌鸦就那么落在猪身上，等着分享。老了的乌鸦，风从身后吹开它的羽毛，两腿再也支持不住，一个跟头栽到地上；猪回头看看，等乌鸦爬起来，继续驮着它向前拱。

我多次接着莱辛的寓言往下想，怎么想都觉得乌鸦用了三十天时间孵出的依然是乌鸦是一件幸事。

“天下乌鸦一般黑”，这说明，当初上帝造乌鸦的时候，没有考虑过其他颜色，也没有考虑让王霸的鸟笼收留它。

一只乌鸦的一生，是本色的一生。

山影养育了这些黑客，必有用意，而民间普遍认为乌鸦是不祥的东西，也定有原因。古人认为“乌见异则噪，故辄唾其凶也”，可见并非乌鸦本身不祥。人因鸦之噪而知有异，于是唾之，所以唾者，非为鸦也。因袭至今，不见内涵只见皮毛——乌鸦的黑色羽毛直接示人以悲，加上黎明、黄昏的啼叫，拨动了人衰弱的神经。由于世代的诗文渲染、命名，多少“乌鸦”被确立，新的乌鸦又正在被确立中。都说新诗不易让人记住，有几个年轻诗人写乌鸦的诗，我扫一眼就记住了：“乌鸦里总有一只是最黑的，背着影子，在天上飞，引领亡魂”“一只乌鸦在窗户上敲 / 它告诉那些睡在夜里的人 / 要看好自己的影子 / 不要让他们走夜路 / 也不要离开房间，离开灯盏太久”“乌鸦是天使的影子 / 看见乌鸦飞过，就是天使 / 向着相反的方向在飞”……

最终我要说：乌鸦不过是乌鸦，是一种鸟儿，是喜鹊的兄弟，不是象征，不是隐喻。

鸡 上 树

一般人家养鸡，要有个正经鸡窝。我的四伯父是心灵手巧的木匠和泥瓦匠，他亲手盖的房屋，已经是村庄连着村庄了，盖个鸡窝何难？可他不盖，用不着。他家的鸡，每到黄昏，纷纷上树，上到屋西那棵核桃树上，每个树杈间一只，乍看画上去一般。

四伯父家的鸡上树，仿佛天生的，老的能，少的也会。小鸡们翅膀一硬，就能腾空而起，准确地落在它自己选定的那个树杈上。后来，四伯父索性在核桃树上绑了个荆条筐，鸡们连下蛋也在树上了。母鸡带着即将落生的又沉又硬的蛋，居然也能一下子飞上去。只有抱了窝的母鸡才软着陆，院里院外，总是挺着脖儿，咕咕叫着小鸡走，似乎世界上没有它怕的东西，就是有鹰来袭，它的翅膀奓开，比鹰还硬。

从习惯上讲，鸡似乎早已不属于鸟类。鸡是家禽行列的主力。“家禽”两个字，暴露了鸡角色的尴尬，一旦被命名为“家禽”，几乎等于被开除了鸟籍。

我家养鸡，刚孵出来，放在炕上暖着，撒在院子里，赶猫，赶老鹰，赶狐狸。有一年我家的半大鸡接连被狐狸叼走，一家人都警惕起来。某日中午，又有鸡惨叫一声，忽见狐狸尾巴一甩柴门，我们抄起棍子就追。我妈最快，风一样穿过玉米地，眼看就要追上了，却见狐狸嘴上没了东西，稍一迟疑，狐狸跑远了，捯着狐狸脚印往回走，忽见鸡从土里往外钻，原来鸡被狐狸埋上了，太匆忙，没有埋完。那是一只公鸡，命大，被活埋过之后依然能在清晨报晓。这个肉质的闹钟，每天晚上临睡前，都要上好神经的发条，好几年从不懈怠。

出门在外几十年，我再也没见过鸡上树。就连野鸡，也全是在草丛树林间跑来跑去，偶尔飞起来，也没见有落在树上的。在乡村，稍加留心，偶尔还能看见有鸡跃上矮矮的土墙，身子晃来晃去，对自己的飞翔心中没底。有时它试着跳下来，“噗”的一声，安然的有，窝了脖儿的也有。

有的鸡，虽然它还活着，但已经死了。

鸡被孵化出来运往工厂化农场，在阶梯式厂棚里，饲料和水全自动。头一两个星期，灯光一天二十四小时全开，促使小鸡速食速长，之后，灯光每两个小时开关一次，休息一会儿接着再吃……这是肉鸡，直到被杀，公鸡还不会打鸣呢，所谓翅膀，活摆设罢了。

大型机械化蛋鸡场，一个个仓库式样的大房间里整齐地排列着小笼子，每个笼里有两只产蛋鸡。笼子小，母鸡在里面无法转身。鸡笼前面的自动传送带给它们送来食物，后面的传送带则带走它们的蛋。笼子外面不远处有几只四处游荡的鸡，绣翎翻草去，红嘴啄花归。据说，关在笼子里的那些家伙如果看不到这几只自由的鸡，会由于神经过度紧张而罢工，放弃活着的念头，抑郁而终。

有些小鸡就更可怜了。孩子从摆地摊儿的农妇那里买来，染过色儿的小鸡，有的金黄，有的鲜红，头一天还挺精神，叽叽喳喳叫得欢，第二天叫声有些急了，目光开始恐惧，第三天虚弱下来，耷拉着脑袋，在纸箱子里乱撞，夜里全死了，招来一窝蚂蚁。

闲翻诗书，原来今日之鸡，无论在姿态上还是在心态上，都不可与古代的鸡同日而语——常常飞起来。陆游说："怜渠亦复解人意，来宿庭树不待笼。"杜甫写："驱鸡上树木，始闻扣柴荆。"再早一些，汉乐府中有"鸡鸣高树颠，狗吠深宫中"。

原来我四伯父家的鸡，是很有些鸡性的好鸡呢。

我看过一则消息，鸡要是看了，应该奔走相告：英国科学家宣称，他们终于解决了"到底是鸡生蛋在前，还是蛋生鸡在先"这一千古谜题。据英国《每日快报》报道，英国谢菲尔德大学和沃里克大学联合研究小组利用超级计算机在细胞层级别上分析鸡蛋时发现，鸡蛋壳儿里有一种名叫 OC-17 的蛋白质，只存在于鸡的卵巢内，由此推断，得出了"先有鸡，后有蛋"的结论。

再看我四伯父家树上的鸡，个个都是鸡祖。

云雀飞过石家庄

1982年春，我所在的部队从山西换防到张家口，住在下花园鸡鸣山下鸡鸣驿旁的一个灌区指挥部里。那里从早到晚，都能听到云雀歌唱。

在灌区指挥部背后的小山上，有一个微波通信站，有时几个战友结伴到那里走动。就在那个通信站的四周，有众多云雀和百灵在草丛间安家。看上去云雀要比麻雀大得多，背羽灰褐，镶有斑纹,翼和尾为暗褐,胸部缀有斑点。它的两腿不短，跑得快，跳得高，双翅展开时，比麻雀更显宽广，很容易接受气流向上的推力，越飞越高。人们说它一飞冲天，就是因为它猛然一跳就起飞，直上云端，因此又叫“告天子”。在云里，它边飞边鸣，歌声婉转清脆，令人心旷神怡，因此又获得了“云雀”的美称。

鸟儿歌唱，好像是天生的，成天要唱，不唱不行。我熟悉画眉自得其乐的歌声——先来个快板，唱着唱着像是要有和音时，突然停止了，似乎觉得不大满意，从头再来，慢慢变成即兴的变奏。了解云雀的人说，唱在前头的是雄鸟，主要是为了占领地盘，寻求配偶。歌唱召来了雌鸟，雄鸟一时顾不上唱了，跑前跑后在雌鸟面前大献殷勤，然后鼓翼起飞，邀请情侣一同高飞。雄鸟在前，歌唱着直线上天，雌鸟在后，紧追不舍，直到飞入白云生处，传回歌声。过一会儿，它们停止了鸣叫，突然收紧翅膀，从高空快速落下，敏捷地钻进草丛。就这样，几度比翼双飞双落之后，配对成功，一起筑巢。云雀很机灵，出外觅食、进门，总是先在地上走一段，然后飞去；归来，也是在离巢不远的地方停下，走上一段，悄悄回巢。

1983 年 1 月 10 日晚上，云雀飞过石家庄，其中一只跌落在我家门前，不久死去，家父写挽诗一首：

你曾经用光与火的激情，
歌唱在白云和阳光之中，
当你吐完最后一个音符，
像一颗陨石坠下了晴空……

你去了，天上荡着你的歌声，
你去了，大地印着你的飞影，
留下声音的鸟是不会死的，
你永远是高贵而美丽的精灵！

云雀死了，歌声从天空撕下来。

怎么看跌落门前的云雀，都像是从张家口下花园那边飞来的，是我曾经见过的云雀。那么另一只呢，你在哪儿啊？

白 老 鹳

出河北省省会石家庄，溯滹沱河而行，过获鹿，入平山，沿着西柏坡的高坡上去，就到了驼梁风景区。过了小觉，接近驼梁的途中右手，有一山湾，巨松独立，树上常有四只翩翩大鸟，枝杈间有两个黑乎乎的大鸟窝。孩子见了老远就喊:“鹤！鹤！”其实不是鹤，是鹳，在我的老家燕山叫“白老鹳”，一种大型涉禽。的确，鹳的外貌有些像鹤，也像鹭，嘴长而直，两翼又长又大，而尾巴短圆，飞翔轻快。它们主要活动在水边，以鱼、蛙之类为食，夜宿高大的松树。国画中“松鹤延年”是经久不息的表现内容，毫不顾及鹤并不栖于松树的事实，古今无人追究，那是因为，表达的是一种美好的愿望。

黑鹳和白鹳，都是珍贵的观赏鸟，被列为我国一级保护动物。驼梁下住着的就是白鹳。白鹳的身躯比黑鹳要大些，嘴和腿很长，头颈和背部为白色，羽毛丰满。

白鹳性情宁静而安详，和鹤一样，是鸟类中的模特，仪态万方。如同踩着高跷，它异乎寻常的瘦高个儿，打破了我们习惯中对匀称的看法，奇异地保持着独特的美态。

诗人大解和我，常常在驼梁下的河谷行走，寻找奇石，有看鹳的机会。由于季节的关系，并不是总能见到它们，有时只能望望它们搭在松树上的巢。那巢，一次筑成，多年沿用，每年春天修修补补，旧巢变作新巢。

驼梁下的好石头捡过多次了，我们换到井陉。在井陉张河湾水库回水边缘之上一公里的地方，我们又见到了白鹳。总是在老地方，一只白鹳沿着清浅流水昂首向上，从不见其低头，或许低头，也没有它要找的东西。它的穿着总是非常正式，显得格外有身份，懂得呼应美学，影姿颇宜于在流水中展现。“所谓伊人，在水一方”，也可看作对它的献词。只是显得孤独。为什么只有这一只呢？忽然想到井陉与平山山水相连，它会不会是从驼梁那边飞来的呢？另外三只，现在在哪儿？

我们在河边静静望着，生怕惊动了它，等它飞走了，我们到它走过的地方重走一趟，妄图寻找一块形似白鹤或带着白鹳图案的石头。

神奇的是，我在邢台大峡谷中竟真的找到了这样的石头，上面有三只白老鹳，两只默默注视着另一只，朝云天引颈呼唤。

喜 鹊 窝

北台子高高的大榆树上，有一个招摇的喜鹊窝。

那榆树的确是一棵大树，说不上有多粗，但高，且直，主干十丈以上。

那喜鹊窝，就更高，搭在一个旁枝分叉的地方。

当时我刚刚学会爬树，是我弟弟向阳教的。眼见枝头红杏儿够不着，他蹲在杏树下，让我踩着他的肩膀往树上爬，怕我往下出溜，他慢慢站起来，双手举着我的脚。这不，独自在大榆树上试了试，不知怎么就自个儿爬上去了，一直爬到喜鹊窝，压得树枝下弯，喜鹊窝都歪了。呼呼的风摇着我，喳喳的喜鹊轰着我，我的心快到嗓子眼儿了。我咬着牙，不掏了喜鹊窝，就是不下来。喜鹊窝是圆的，真大，门儿却很小，手伸不进去。小心地拆除门口横七竖八的荆棘，将手怯怯地伸进去——好，没有蛇——有蛋，一共四个，热乎的。一个一个掏出来握着，却下不了树。忽然就想到塞进嘴里，两腮一边一个，鼓鼓的，不敢出气儿，另外两个，放回喜鹊窝中。肚皮贴着树皮出溜下来，又猫一样上去，把另外两个含在嘴里出溜下来。然后一手一个拿起第一次取下来的两个，刚想溜走，忽见住在榆树旁的福山嫂子就在旁边的大石头上坐着。她狠狠地指了我鼻子说:“小蛋子儿，给我放回去，快点儿！”放回去？我才不呢！我要生喝了它们！想着，想着，“咕、咕”，就有了口水。而我终归还得放回去，不放回去哪行，福山嫂子盯着呢，要是让我妈知道了,甭说掏了喜鹊蛋,就是掏了麻雀蛋,屁股也别想要了。蔫蔫地爬树，爬了，再爬，直到完卵归巢。福山嫂子过来拍拍我脑袋说:“早就知道你是好小子，爬上爬下的，爬着玩儿呢。”

说完她就回屋去了。

把我鼻子给气歪了。

累，累啊，从没那么累过。刚刚学会爬树，就爬了个没完没了。拖着沉重的腿离开榆树，找个石墙扶着，见一只喜鹊急忙钻进了它的窝，尾巴还在外边呢。

过了几天，不见喜鹊登枝，我有点儿不安。问福山嫂子，是你把喜鹊蛋给掏了吧？气得她小脚直跺，说我倒打一耙。她说喜鹊飞了，永远地飞了，连它们的蛋也搬走了。

一个鸟儿，怎么可以把那么大的蛋搬走呢，我不信，上树一看，喜鹊蛋没有被搬走，只剩下蛋壳儿。

这是我十岁那年的事。

某日编稿，见一张家口坝上女孩儿写的有关鸟蛋的故事。她说鸟窝里的鸟蛋是不能摸的，人一摸，鸟儿们马上就将它们搬走，是她亲眼所见。她说在一个小鸟窝中原有四只蛋，被人摸过之后，立刻被鸟妈妈搬走了一只。我对同事说，看这文章写得多好！同事就笑，说是瞎掰，没影儿的事儿。

看了坝上女孩儿的文章之后，那棵高高的大榆树，就总是将影子投到我窗前，那个喜鹊窝还在那儿，只是空着。

我看见一只美丽的鸟儿，向天外飞去，我追赶着，也飞了起来，拂动我的双臂，醒来才知道身上还没有长出羽毛。

那年回家，我专门去看望大榆树，它早就被人放倒了，福山嫂子家也人去屋空。有人说听到过那大树倒下的声音，还有人听到了喜鹊窝落地的声音，“噗”的一声，满地都是小树枝、布条、毛发和花瓣儿，还有亮晶晶的蛋壳儿。就在那时，有一对喜鹊正朝它飞来，身子忽然飘了起来。

虽然喜鹊有翅膀，可也不能老是在半空飘啊！

傻 狍 子

说狍子傻，那要看拿它跟谁比。

狍子是我少时能见到的最机灵的动物，一般爱待在山顶茂密的小树丛中，喜欢高处，喜欢风光。老家三洞子靠近山顶有一个葛条洼，是狍子特别喜欢的地方，尤其秋天，狍子成群采食葛叶，吃一口，就抬头四下望望，警惕性很高。

我倒觉得，要是比起山羊来，狍子显得更可爱、更活跃，体形也更加浑圆、更加优美，皮毛也更光滑，眼睛也更明亮。或许不该和山羊比，应该和鹿比，它们的长相更为接近。可是，我老家那儿又没鹿，看见鹿是后来的事。

说狍子傻，可能是因其天生好奇的性格，给人以傻乎乎的感觉，而在猎人看来，它们傻就傻在常常被套住。我见猎人下套，套住的一般都是狍子，就像枪打的一般是野兔。要么是因为它们真傻，要么是因为它们太多。

说狍子傻，也可能是因为有人看见当它们遇到冤家，常常是跑了又折回来，有时老在一个地方兜圈子。也有人从中看出了门道，说是狍子不等力气耗尽了才开始算计，恰恰相反，当它一感到逃跑跑不过人家，就闪到一旁，悄悄折回，兜上几圈。跑出去，再回来，兜上几圈……这样折来折去，把往返的方向混淆起来，把原先的气味与此刻的气味搅和起来，它就纵身跳到圈子之外，趴在地上喘气，眼看着冤家从旁边冲过去。

这一手，如果不是狍子跟野兔学的，那就肯定是野兔跟狍子学的。

野　兔　子

春天，燕山山民常常在玉米地里撒几把白菜籽，以备菜荒。拔旱白菜的时候，有时在成片的白菜叶下拔出一窝潜伏着的小野兔来。似乎一把就能捂住，可是你无论如何也捂不住它们，追也追不上。它们的头一个反应是朝不同的方向轻捷而急促地跳跃，令你产生先捂哪一只的迟疑，往往还得加上一点儿对跳跃方式的欣赏；它们的另一个反应是见坡就上，发挥后腿长的优势，令你望尘莫及。所以，撵兔子都是瞅准一个斜坡，众人呼喝着往下追赶，短腿兔子往往被撵得前翻后滚一脚踏空，蹦跶不了了。

野兔喜欢白天睡眠，睁着眼睛睡，没有睫毛，显得眼大，几乎大到合不拢眼睑的程度。野兔眼神儿不大好，两眼的视野不能重叠，没有立体感，不能准确判断距离和障碍物，快速奔跑时，有时真的会撞在树干上，这才有了“守株待兔”的故事。其实这是故事的后半部分，前半部分应该是有什么在把野兔追赶。出于对眼睛的补偿，野兔听力好，与它们的身体相比，耳朵大得出奇，一般人认为它把耳朵当作帆来使用，以便在奔跑中借助风，我觉得那耳朵同时也是雷达。

野兔跑得快，但架不住想追赶它的实在太多，除了人，鹰、猫头鹰、狐狸和狼，谁也没想放过它，天罗地网，令它侥幸逃跑的概率微乎其微，只好靠多子多孙。野兔堪当生育模范，当年的母兔就生小兔，一窝接着一窝，一窝十来只。有时候你觉得刚在一个地方看见一只野兔，一不注意那隐蔽得极好的一蓬茅草下面就蹦蹦跶跶出来好几只兔崽子。那些兔崽子走路嘚儿嘚儿地跳，古灵精怪、贼了吧唧，要想逮住可太难了，即便费劲巴力逮住一只，你也别想养活。那些兔崽儿气性极大，无论你用多好的吃食殷勤待它，它也只剩一个奔头：逃命。我见有人抓到一只野兔崽儿，把它放在炕上拿人都不舍得吃的菠菜喂它，它不光不吃，还在被褥上拉一溜儿稀屎，逮空儿就往炕下蹦跳，眼看溜光水滑的兔毛一点儿一点儿飞毛奓刺，那份不被豢养的决绝让人难忘。

野兔在夜里散步、吃食、交配。月亮地里的野兔就像精灵，一个个活蹦乱跳。一旦有野兔在月光下跳舞，必定是雄兔在讨母兔欢心，跳着跳着，忽然转身，摆好架势，翘起尾巴，竖起尾毛——猎人称之为“尾花”，枪口对着瞄准。都说“兔子尾巴长不了”是其弱点，谁知原是其骄傲，也是致命点。这一点古希腊的亚里士多德早在两千多年前就已经观察到，把“兔子作后向式交配”之类的话写进了《动物志》和《动物构造》等巨著。

春天是野兔惬意的季节，它们最喜欢的食物是黄豆苗，山坡上和靠近山坡的豆苗，有时让它们吃得一棵不剩。不少历史学家认为，1789 年法国大革命的主要起因之一，就是农民们不满于禁止他们打兔子的法律。这条法律断了穷苦百姓获取肉食的主要来源，反而保护了毁坏他们豆苗和菜园的这些兔子。

雪地里的野兔才是最欢实、最机灵的。它跑过去，回过头来一看，不好，留下了足迹，就前前后后乱跑一气，把踪迹搞乱。悠闲的时候，在雪地上绕绕圈子、转转弯子，拐来拐去地踏出“8”字形来,使你无法辨别它的去向。可见古乐府《木兰诗》中的：“雄兔脚扑朔，雌兔眼迷离。双兔傍地走，安能辨我是雄雌！”这是很内行的写法。

大平原上的野兔是享了福同时也遭了难的。秋收时节，原野上的高秆植物被依次放倒，兔子藏身之地洞出，展平的旷野上就有了架鹰人和兔子的奔突。那些白昼逃过一劫的兔子试图趁黑夜突破公路，却被亮如白昼的汽车灯光照亮，再也动身不得，司机左躲右闪，一脚刹车撞个正着。

我所见过的最可怜的野兔，是正月里滹沱河河滩上的野兔。它躲在大石头后面，眼睁睁等着青草发芽。我寻找奇石的时候惊动了它，它想飞快地跑起来，可是力不从心，瘦得只剩下一把骨头一层皮了，哪儿也使不上劲儿，一跑三扭，躲避着滚滚乱石,简直就像靠着两只耳朵顺风而动。接连遇见好几次，好像总是那只孤独的野兔，总是那么疲惫不堪的样子。偏偏有一次，喜鹊来凑热闹，飞到它的前面蹦跳着，像是要帮我拦住它。

上官奶奶的松鼠

我和上官奶奶有六年多同住河北省歌舞剧院的一个旧楼，住久了，有些交往，并不多。可能因为只有我不叫她“二毛他妈”，一口一个“上官奶奶”，所以她有话喜欢对我说说。比如说说祖上的事，说来说去，必定是与史书上“上官”两个字连在一起。她还经常说起她的金饰，个头儿普遍大，大到你从来都不可能见识过。“去看看不？”她总共请了我十几回。等我真的去了她家，她却只字不提她的宝贝，只是扯些别的。我说，您那些金饰呢，她用手比画一下有多么大，就算了事。我确实见过她手上戴着不小的金镯子，她说戴了一辈子，撸不下来了，就连儿媳妇也甭想撸下来。

某日上官奶奶又到我屋里来，说她有一只好看的松鼠，从陕西老家带回来的，问我要不要看。说到“陕西”两个字时，她故意强调了一下，似乎那只松鼠与她本人的姓氏一样，如果不是来自那片古老的黄土，就显示不出血脉的高贵。我说我见过许多松鼠，还吃过它的肉呢。在春天，你前头种地，它后边抠种，还一本正经地坐在大石头上吃，咂咂有声，气死人不偿命的主儿。我们用火枪打，一枪干掉一个，赶上正在交配的，一枪干掉一对儿，将尾巴交生产队，每条尾巴记三个工分。上官奶奶听了我的话很伤感，嘴动了几下，没说什么。

有一天，上官奶奶把她的松鼠带到院子里晒太阳，见了我老远就喊："快来看看吧！"

松鼠在笼子里。一个不小的笼子,给松鼠留足了活动空间，足以让它把火苗儿一样的尾巴高高翘起，还能站立起来，展示其耳边的白毛和腹部的杂毛。看它的人越来越多，见它一会儿伸一下脖子，上官奶奶就说那是向你们致意呢。致意致烦了，它就将两个前爪交叉在胸前，向天上望。上官奶奶给它一个菜叶，它不理，待掏出一个核桃来，它立即就抱起来。上官奶奶说，它会给核桃打眼儿，打透了再一点点扩大，直到把果仁全部掏空，但是它不想让大家看见。

上官奶奶的脸上流光溢彩，说你看这松鼠，陕西老家来的，老家的东西就是不一样。她说它每天洗三次脸，还帮着她梳理白发，用小舌头舔她的手，向她的脚指头吹气儿……有孩子问："它会刷牙吗？"上官奶奶瞪他一眼。我建议把笼子打开，看它会不会向别人吹气儿，上官奶奶把笼门打开一条缝，又赶紧关上了。

上官奶奶的松鼠的确与众不同，如果不是它天生聪慧，那就肯定是她"教鼠有方"了。可是上官奶奶说全部不是，只是因为我离它近，看得真切，它干的一切，别的松鼠也会。我觉得她的话很有道理。过去我离松鼠最近的时刻，是在松树林子里，它故意丢下一个松果壳来，试探我对它是否怀有敌意。如果没有，它常常用两条后腿抓住树枝，身体悬空着去采摘果实，仿佛是专门为了我才表演这拿手好戏。它们争夺交配权时你也可以离它们近些，那时它们顾不上周围有什么动静，只顾斗来斗去，有把尾巴斗丢了的，算是最为惨重的失败。秋天，松鼠会把坚果埋藏起来。秋后，食物变得紧缺，它们便会去寻找自己掩埋的宝藏，而且肯定找得到。它们是如何找到坚果的藏匿之处的，难道这只是一种偶然？有人认为是因为有很多松鼠藏匿了大量坚果，所以提高了撞大运的概率；也有人认为，是坚果发出的气味指引着它们找到地下的食物储存所。我觉得它们的头脑里可能有一张“藏宝图”。

上官奶奶说她的松鼠是与她相依为命的，就是放了它，它也会回来。于是人们就让她放了试试，她只是笑。

待我搬出歌舞剧院大院不久，听说上官奶奶得了重病，终于抓空儿去拜访她老人家时，她已经在黄泉路上了。她的那只松鼠呢，打听了几个人，都摇头，说不知道。

蚂蚁太小了

到处有蚂蚁，谁不认识蚂蚁？也不一定。

只有闲来无事，并且真正弯下腰来，我们才有可能注意一只蚂蚁或一群蚂蚁。小时候放学回家，父母下地干活儿还没回来，家门锁着，蹲在家门口，忽见一只小小蚂蚁，腆着圆圆的肚子，拖着半截蚂蚱翅膀回家，显得匆忙；又见一只蚂蚁爬上了门槛，无所事事，好像仅仅是为了翻越门槛，向它吹气儿，蚂蚁掉下来，不慌不忙，又从头爬起。它完全可以从门槛底下的缝隙钻过去，但是它不，它一定要爬过门槛；改日再看，蚂蚁多起来。它们狭路相逢，与对手接上火的第一只蚂蚁，试图抓住对手，抓不住，就想把对手扳倒，结果反倒被对手扳倒了，让它不能翻身，就地打转儿，救兵迅速上前掐住占了上风的蚂蚁，撕下它的腿，对面的蚂蚁风风火火赶来，把缺胳膊少腿儿的蚂蚁搬走。细看门前的李子树上也有很多蚂蚁，见一只蚂蚁走在树枝上，昂首阔步，干什么去呢？试着用草棍儿截住它，它绕开，再截住，再绕开，实在绕不过去了，它就冲着草棍儿怒气冲冲地冲……

所有的蚂蚁看起来长相差不多，就好像远远看满河滩的石头，都差不多。近距离察看，才知它们品种不同，体形不同，颜色也不同。

近二十年来，我常常到河滩里寻找奇石，一块接着一块翻动石头。河滩上到处是蚂蚁筑巢倒腾出来的细小的泥丸，一圈一圈有规则地堆在石头旁边，那是蚁巢入口。据说蚁穴有各种样式，大多数在土中筑巢，挖有隧道、小室和住所，并将掘出的物质及叶片堆积在入口附近，形成小丘状，起保护作用。我们掀动沙滩里的石头，偶尔看见蚂蚁，不等看清蚁穴，就被沙子埋没了。有时掀开草丛里的石头，好一窝黑蚂蚁，守着白色的蚂蚁蛋。那些按部就班生活着的蚂蚁被忽然暴露在阳光下，按说立马就乱了，而蚂蚁们临危不乱，扛上蚁蛋就跑，就近钻进草丛。蚂蚁的组织工作太出色了，简直神速，让你觉得，就是洪水来了，它们也能冲到洪水的前面。与人类相比，或许单个蚂蚁的智慧小到几乎可以忽略不计，然而当众多蚂蚁聚在一起，它们能应付石头突然被搬动这样的对于它们简直是天塌地陷的突发事件。

有父亲问他幼小的儿子：“人为什么会思考？”答曰：“因为有脑袋。”“那鸟儿呢？”“因为有脑袋。”“蚂蚁呢？”“没有，蚂蚁太小了。”

蚂蚁不知道自己小。

许多蚂蚁被我们踩在脚下了。

俯下身来，本着向蚂蚁学习的态度，我们才能对蚂蚁有所了解。我们越了解蚂蚁的生活方式，就越佩服其社会结构的紧密和利他性生存的结果，以及产业结构的均衡意义。蚂蚁常常拖动一块比它的身体大许多倍的食物，那不是贪婪，是顾家。有了食物，如果一只蚂蚁能搬动，就每个蚂蚁搬一件，一一将食物搬回家，不会找个地方偷偷地独自吃个饱。如果一个蚂蚁搬不动，兄弟姐妹将一起动手，排成长队快快乐乐留下一路歌声。当蚁群在搬运食物的路线上发现障碍物，会以一种类似军队行进过程中传递口令的接力式方法，迅速找到并走上绕行的路线。蚂蚁采集树叶以培植菌类，是它们的农业；蚂蚁放牧蚜虫以获取其分泌的蜜露，是它们的畜牧业；蚂蚁还打猎，集体作战捕捉强大的昆虫。

真要体会蚂蚁，似乎需要投入我们的整个生命。

我读过整本写蚂蚁的书，仅我读过的写蚂蚁的诗，也不下三十首。让我过目不忘的，是艾默生的几句话和我的朋友江一郎的一首诗。爱默生在《自然沉思录》中写道："当蚂蚁仅仅被当作蚂蚁时，它的本能就显得微不足道，然而，一旦它与人之间的联系像一道光照过来，使我们的眼睛为之一亮，这个小小的苦役者就被我们看成了一个道德的劝诫者，小小的身体里装着一颗全能的心。"江一郎的诗则是这样写的：

要下雨了，蚂蚁要搬家了
可蚂蚁一贫如洗啊

哪有什么行李
它们空着手出门
只背着一条命
在雨前逃亡……

结果如何呢？诗人接着写道：

雨过天晴的时候
居然连尸体都没有留下
居然像什么事都不曾发生

可不，蚂蚁太小了，满大街没有蚂蚁的消息。暗自想起一个关于蚂蚁的调查报告，说是这世上蚂蚁的总量，加起来大约是人类体重之和。

渔　猎

儿时猎鱼，用“梁”用“匿”。梁者，将高粱秸用楸皮扎起来，卷成喇叭状，敞口对着流水，置于湍急处，鱼顺流而下，进得梁子，水去鱼存。这个办法，只有鱼们甩子时节可用，鱼平时喜欢逆流而上。用得最多的办法是“匿”，在河湾或水深浅适中处以石以沙筑围，留一鱼道，内填石块柴草，佐以骨头杂粮，待入内觅食之鱼多了，用荆条虚笼堵死鱼道，清除石块柴草，把水搅动，鱼们惊慌入笼。也有用锤“震”鱼的，将鱼儿赶进某个石头底下，然后猛然给那石头一锤，鱼们当即就翻白了。

1989 年春夏之交，我参加在秦皇岛老岭山上召开的一个诗会，游百跳峡，见流水清清，鱼可瓢舀，一色无鳞黄鱼肥得冒油。轻轻向水中投个石子儿，鱼儿急着藏身，来不及远游，就近躲在了一个个石板下面。我一时兴起，搬块石头就“震”，震得鱼儿一片。顺手捞一些挤掉内脏，装满两个不小的铁罐头盒，就着鸡肉罐头汤烧熟，其味美不可言。

吃到的手舞足蹈，没吃到的流了口水，纷纷令我再去震鱼。有人还跟我说，来日背几瓶鱼糖精来，带上铁锅食油，回去不就是满载鱼干儿了吗？

我无心再去猎鱼，便把儿时用“梁”用“匿”的故事说给大家听。有人一听就烦了，说你这书呆子，傻帽儿，那多费劲，都什么年头儿啦，能抓到手的东西绝不能放过，一网打尽了才快活。

打不完的嘴仗。我把鸡汤鱼汤轻轻倒进溪水，算是给活着的鱼们一点儿补偿吧。面对青山，暗暗想司马迁在《史记》中记述的那个故事。商朝君主汤外出狩猎，见林中布满了兽网，就祈祷说：让天下四方的禽兽，都进了我的网吧。网住了，汤高兴得一个劲儿叫好。而令人不能理解的是，汤在叫好之后突然宣布：撤去网的三面，只留一面，猎物们想跑就让它们跑吧，不能跑掉的留下受用。让我惭愧。商汤生活在公元前十六世纪，距今三千五百多年了，尚懂得“网开三面”，现如今，我们连“网开一面”都做不到了，并且，我们的网眼儿是越来越小了。

就在离我震鱼不远的一个山头上，有契丹人留下的铁瓦乌龙殿。契丹人规定，四季要在不同的场所打猎，不断更换猎场，称“四时捺钵”，以保护野生动物资源。后来女真人建立金朝，只准猎取壮兽，不得伤及幼小，严禁“含胎时采捕”。现在看来，太难能可贵了。要不是老岭那样的地方曾属辽金，受了契丹人、女真人狩猎制度的恩泽，可能我根本就见不到那么多的鱼。

后来很偶然地读到一篇文章，是生活在老岭山下的诗人许久东写的。他说他1991年再上老岭,在溪里只发现了一条小鱼,一条烂了尾巴的小鱼。仅仅是一条，还烂了尾巴。我想肯定是有人真的在那里用了鱼糖精、六六粉之类，把活生生的鱼儿变成了鱼干儿。如果真是这样，如果这一切又与我的那次偶然的渔猎有关，我就是罪人。

后来在井陉古人背水一战的那条著名的河边，见几个孩子把一个小水汪汪弄成泥糊糊,他们摸到的小鱼,泥巴糊着眼睛,一个个比铅笔头儿还小。我说，孩子放了吧。孩子说，不，还要喂鸡呢，就是放了，鱼也活不成，水说没就没了。

后来在赞皇，我和诗人大解在河边一块青石板下发现了一窝小鱼，有四十多条。稍大些的，因为没有活动余地，已经窒息，被其他小鱼吃得只剩脑袋。我俩把活着的小鱼一条条捧到不远处的水坑里，怅然地望着已经断流的河道。

蝌　蚪

说是蝌蚪像小墨点儿，被惜墨的笔尖点进清纯的山溪。

说是蝌蚪的尾巴很短，短如一闪而过的春天。

诗意倒是诗意了，像是墨点儿之类，像倒是像，就是不像蝌蚪了。

青蛙、蟾蜍、蛤蟆甩子，黑乎乎一团，随着水温的升高，慢慢朝浅处散开。为了看看这世界是什么模样，一个个先鼓出小小的眼睛；为了甩掉鸭子的嘴巴，一个个又长出甩来甩去的尾巴。蝌蚪的脑袋完全可以说大，尾巴却不能说短，一个侧扁的长尾巴，像是孩子写逗号收不住笔。

在平山卸甲河边，我最早见到蛤蟆甩子是在正月二十，沿岸河冰尚存。甩子晚的，已经接近五一劳动节，中间相差两个来月。一线河水中，大蝌蚪领着一群小蝌蚪，或绕着河边的石头转圈儿，或贴着水边的泥土追赶，自动排起队来，从前到后一个比一个小，是很特别的风景。

接下来蝌蚪的日子就难熬了。鸭子吃剩下的,遭遇了春旱，被困在一个个小水坑里，拼命挣扎，变成泥猴儿，大多走不到“小蝌蚪找妈妈”那一步。有孩子心疼小蝌蚪，哭着问：“小蝌蚪的妈妈哪里去了？把它们扔这儿不管了！”当父母的一时不知如何回答，机灵地说是妈妈找水去了。

有一年在格根塔拉看摇滚，潮湿的草地上到处都是从旁边小河里跳出来的小青蛙，那些没有尾巴的四脚青蛙蹲在河边看满河拖着半截儿尾巴、刚要长出后腿儿的蝌蚪，而我们抬起双腿小心翼翼地蹦跳在它们中间，别有一番意味。

蝌蚪变成青蛙的过程漫长而艰难。我曾经拿罐头瓶抓了几只蝌蚪养着，试图亲眼看看蝌蚪怎样变成青蛙，无奈不成。被抓回来的蝌蚪开始都很欢实，优哉游哉，可是过不了多久就横尸瓶底。找东西喂它，不见它吃，眼尖的孩子说蝌蚪没有嘴巴。蝌蚪没有嘴巴？一看令我吃惊，果然没有。我也纳闷儿蝌蚪为什么没有嘴却能成功活着变成青蛙。后来查资料才知道，刚出生的蝌蚪真的没有嘴巴，由于口内尚未出现孔道，所以不能摄取食物，只是头部两侧生有分枝的外鳃，吸附在水草上，靠体内残存的卵黄供给营养。经过几天以后，蝌蚪才长出了口来，摄食水中的微生物。再过些时候，外鳃消失，长出内鳃，身体外面逐渐出现侧线，心脏发育成一心房一心室，从外部形态到内部构造都很像鱼。大约再过四十天，蝌蚪又发生了进一步变化，先长出后肢，然后又长出前肢；尾部逐渐缩短；内鳃消失，肺形成；心脏由一心房一心室变为二心房二心室；外部形态和内部构造不再像鱼，蝌蚪已变成了幼小的青蛙，离水登陆，逐渐发育为成蛙。数百只小蛙中，只有一只能长大繁殖，其余的被鹰、猫头鹰、苍鹭、鼬、鼠、獭、蛇等动物吃掉。偏偏这一只，又有餐桌等着，人们发现蛙肉有鸡肉的味道，有的民族称蛙为“山鸡”，我们称之为“田鸡”。

我曾在一瞬间把自己幻化成一个小蝌蚪，那是在青海柳湾彩陶博物馆，隔着玻璃，看一个个带着青蛙图案的彩陶。对先人为啥热衷于画蛙有各种猜测，直觉告诉我，那就是小蝌蚪要寻找的妈妈，在大河的上游。

山庄记

上帝阁记

承德避暑山庄湖区的中心地带有金山岛，仿江苏镇江的金山而建。乾隆几下江南，从江苏镇江渡江屡登金山，对金山景观格外欣赏，便把它搬到避暑山庄来了。

金山岛虽是人力，却不失真趣。岛上，假山错落，围廊回旋，楼宇高耸，最突出的建筑为上帝阁。康熙说："登阁远眺，仰接云霄，俯临碧水，如登妙高峰上。"

上帝阁矗立于假山之上，是金山寺慈寿塔的缩影。然而避暑山庄的金山整组建筑并非佛教禅院，而是被康熙帝打造成了全新的东西，赋予了新的内涵。

上帝阁高三重，自上而下康熙分别题匾为"天高听卑""元武威灵""皇穹永佑"。上层供奉玉皇大帝，中层供奉真武大帝，下层留着"供奉"给他自个儿。阁旁大殿题名"天宇咸畅"，表明这里代表着天界。

天帝作为最高神受到崇拜由来已久，历代统治者没有不宣称自己是受天帝的委派来到尘世间管理万民的，因而自称天子。

出现于唐以后的玉皇大帝，由早期天帝衍化而来，成为众神的领袖、天界至高，是天的化身、世界的主宰。

真武大帝本为北方玄武神，与青龙（东）、白虎（西）、朱雀（南）合为天界四方神。《礼记·曲礼上》以“前朱鸟而后玄武，左青龙而右白虎”来表达方位。宋朝时避赵玄朗讳，改称真武，并被封为“真武帝君”。明永乐定都北京，因明成祖封地在北方，便奉北方真武为护佑神，随后加封真武为“北极镇天真武玄天上帝”，简称“真武大帝”，其地位已远远高于其他的四方神了。

清代又定都北京，作为北方民族的满族，亦崇奉真武大帝。或许在他们想来，避暑山庄既然位于北京的东北，自然也应受到北方神真武大帝的庇护和无所不在的玉皇大帝的保佑。于是人间皇帝开始于此顶礼膜拜二位天帝，将玉皇大帝供奉于最顶层，真武大帝次之，而皇位在下。这自然反映了三皇的位置关系，表达了皇家天神庇护的祈盼，但更重要的是表现了三位一体，强调的依然是君权神授。

如果说外八庙并不是真正的宗教建筑，以上帝阁为代表的避暑山庄山水园林中的寺庙、佛堂，同样是宗教文化的点缀。它们的象征意义大于宗教意义。

“寺不设僧”是山庄内寺庙的共同特点，宗教活动也仅限于皇帝及少数王公大臣们的参拜，所以，这些寺庙的设置是以宗教为形式来表现国家的完整和君权神授的政治目的。只是它们与山庄周围同期建造的寺庙有一些区别，山庄周围寺庙是以藏传佛教为主，山庄内寺庙则更全面地附着于儒、释、道以及民间宗教。好在这些寺庙在布局和建筑形式上都充分考虑了避暑山庄的整体景观效果，寺庙的点缀突出了深山古刹的意境，丰富了山庄的人文景观。

咸丰皇帝避难记

我曾经说，长城是一个无法翻译的长句子，是长长的荣耀的赞歌，也是长长的凄凉的哀唱。审视避暑山庄，这是一个王朝为历代“无法翻译的长句子”画上句号的地方，这是一个王朝为自己辉煌的文化画上分号的地方，最终却回荡起凄凉的哀唱来。

当年来到避暑山庄未达目的的马戛尔尼，在悻悻离开时说：“清帝国好比一艘破烂不堪的头等战舰，它所以在过去一百五十年里没有沉没，仅仅是由于一班幸运的、能干而警觉的军官们的支撑。而它胜过邻舰的地方在于它的体积和外表。但是一旦一个没有才干的人在甲板上指挥，那就不会再有纪律和安全了。”他还预言：“英国在这一变化中将比其他任何国家得到更多的好处。”

清王朝的命运不幸被他言中了。

一个家，摊上了软弱的家长；一条船，摊上了无能的船长，加速了流氓和海盗的嚣张，加速了败家和沉船。

道光二十年（1840 年），英国殖民者用大炮轰开了中国的大门。

一个王朝一个家，兴有兴象，败有败象。乾隆之后，清王朝开始中衰。以木兰秋狝为例，到嘉庆已经勉强维持，走走过场，至道光，无奈宣布“秋狝礼废”。从 1821 年嘉庆死在避暑山庄，一直到 1860 年，清帝再也没有来过避暑山庄，山庄四十年没有烟火，殿宇封尘，杂花生树。

终于来了，倒霉的咸丰帝来了，却是逃难来的，尽管仍打着秋狝的旗号。

咸丰十年（1860 年）六月间，英法联军把战火烧到天津。刚刚度过二十九岁万寿节的咸丰帝，再也没有兴致让戏子们进宫侍候他了。

天津失守，咸丰帝慌了手脚，急令原大沽口守将僧格林沁退守通州，命大学士瑞麟带兵一万火速去通州设防，钦派侍郎文俊和武备院卿，前粤海关监督恒祺去天津与英法求和。求和不成，英法联军由天津北上，直逼通州，定于七月二十七攻打京城。咸丰帝在议和不成又怕紫禁城被攻的情况下，只好硬着头皮抵抗，于八月初三下诏宣战。八月初七，八里桥一战清军被打得屁滚尿流。咸丰在圆明园里，知道败局已定，顾不得几天前刚刚颁布的亲统大军与敌决战的“上谕”，不顾宫中臣僚的反对，临时指令六弟恭亲王奕䜣留守北京，一切让他看着办，便急匆匆带领皇后钮祜禄氏（慈安）、宠妃叶赫那拉氏（慈禧）和五岁的儿子载淳等以“秋狝木兰”为名，于初八匆忙启銮，农历八月十六逃到热河避暑山庄，成为华夏五千多年历史上第一个被列强赶出皇宫的封建帝王。

咸丰二十岁即位，从他父亲手中接过来的就是一个无法收拾的烂摊子。即位之时，爆发了震动全国的太平天国运动，官军屡败，弄得他精疲力竭，终日忧思，喜怒无常。接着就爆发了第二次鸦片战争，英法联军打到了家门口，他眼看着火烧了圆明园。

咸丰于紧急中逃难把国家都丢在脑后，却没有忘记到避暑山庄后的享受，为自己想得十分周到。在逃出圆明园的第二天即发出上谕："热河行宫及一切供应，着春佑即饬该总管及地方官妥办，打扫预备，是为至要。"对于安全问题，连下三道谕旨：先是令吉林、黑龙江马队一千五百名赴热河护驾；又将僧格林沁已调至保定的西安马队"迅速赴热河护驾，毋得迟延"。他还为驻跸热河备足了银两。除将北京户部存银及圆明园十二万两颁赏兵丁银全部运往避暑山庄外，又下令直隶布政使文谦将路经直隶的各省解京银两，全数截解热河。在热河滞留的近一年的时间里，他以"戒急用忍"安慰自己，迷恋制曲、排戏、看戏，纵情声色，旧疾未除，又添新病，腹泻不止。六月初九是他三十岁的寿诞之日，勉强支撑接受臣子们的朝贺，一会儿就支撑不住了，从此卧床不起。

及至临危，咸丰帝才开始考虑皇位问题。由谁辅倚？慈安忠厚，无能支撑；慈禧虽能，野心勃勃。最后打定主意，召集了随他逃亡的心腹近臣，即三个御前大臣和五个军机大臣入寝宫，令承写朱谕，起草遗诏，立他年仅六岁的儿子载淳为皇太子，命面前几位大臣“赞襄政务”，嘱托他们“尽心辅弼，赞襄一切政务”，同时规定以“御赏”“同道堂”两个私章为以后下达诏谕的“符信”，“御赏”章为“印起”，“同道堂”章为“印讫”。就是说，不盖上这一前一后两个私章，朝中的文书是无效的。

1861 年 8 月 22 日，咸丰帝带着难言的屈辱，在避暑山庄病殁。

这样的帝王，不要也罢。堂堂一国之君，三军统帅，大敌当前，该是横刀立马怒发飞扬的时候，却跑得比谁都快，将京师拱手相让了，到避暑山庄避暑来了，到如意洲上听戏来了，到烟波致爽殿的烟榻上怀抱美人用袅袅烟枪致爽来了！而圆明园的石头，在大火中还有响动；而紫禁城的麻雀，在滚滚硝烟中还知道流泪！

磬锤峰记

磬锤峰位于避暑山庄东面的群山中，根连万岭。

巍然，雄奇，壮美。

当年，老诗人田间在远处望了望吟道："万山一柱挺拔，天宇是你扶起。"

承德人喜欢把它叫作棒槌山，并看作山城的标志。把磬锤峰叫作棒槌山，因其形似。"王母洗衣不小心，棒槌落在燕山中"，很形象，只是棒槌过大，需要怎样的手才能握住，让我不敢联想。而家父咏道："棒槌屹立与天齐，纵使神仙未可移。我欲拿来捶巨帛，江山万里洗尘泥。"真气魄也。

北魏地理学家郦道元在《水经注》中曾经描绘过它的形象："濡水（今滦河）又东南流，武烈水入焉，其水三派合……东南历石挺下。挺在层峦之上，孤石云举，临崖危峻，可高百余仞。"那时他给它起了个颇为坚实而又形象的名字，叫作"石挺"。这个"挺"字真好，即便你没有亲眼见过它，它也能在你的感觉里立起来。

在山城承德，在避暑山庄里，几乎从任何一个角落都能看到它，说起来，尽管它在山上，它才真正是承德的中心、山庄的中心，起着总摄全城、全园的作用。特别是当夕阳西下之时，从避暑山庄西山上的“锤峰落照”亭东望，就更能显出它独特的风采：“红轮西照，是峰回出高标，扬晖天际。”若上帝之拇指。

双塔山记

一位朋友一日游归来，把这一日概括为：“上车睡觉，下车撒尿。”这使我想到导游提醒承德游的游客，千万别在途中睡着了。我确信，在我要指出的这个绝美的风景面前，如果停车，可能宁愿憋一下，你也顾不上撒尿。

由避暑山庄西行十多公里，或者从北京东行赴承德进入双滦区，只要没睡着你就一定能看见路南山峦之上的两座奇峰，因为它们太奇了，太显眼了，太好看了。

看吧，两根高大的石柱迎风而起，擎天而立。

这就是双塔山——天精地卵的孕育。

双塔奇峰海拔四千八百八十米，北峰高约三十五米，比南峰粗壮，略呈扇形，上粗下细，下部周长约七十米；南峰高约三十米，呈圆柱形，上粗下细，细部周长约四十米。两峰并肩而立，间距仿佛手臂之间，测量不足五米。

双塔比肩而立，依我看，怎么看都像两个人。

远远望去，那是一对冥冥中的情侣，老远走来，天涯咫尺，难了天缘，那含情脉脉的情态，使人想了前生，又想来世。

换几个角度看，如梦如幻，但万变仍不离人。

从东北方看，那对情侣蓦然老了，背靠背，女的戴着头饰，嘴角微微上翘，男的光头，嘴紧闭。有人看出那是生气的样子，可是又难舍难离，老来伴儿吧。

从正北看，男人的头隐去了，双峰合为一峰，突变为一个挽髻的女人头，脸朝东，髻朝西。谁不能免俗，谁就会由此想到母亲。

再转至西北看，原男人的鼻部、女人的髻幻化为一个顽皮的猴子的脸。这猴，眉宇突出，眼窝凹陷，眼睛是眼睛，鼻子是鼻子，嘴也是猴子嘴。甭说它是动物不是人物，那是人祖。

双塔的顶峰各有一个塔形建筑，或许是双塔山的来历了。南峰上，至今仍可遥见塔的拱门，甚至砖的层次。这塔，已是个千古之谜。绝壁之上，是谁修建这塔？何时所修？修它做甚？是怎样攀上去修的？无从可知。纪晓岚在《阅微草堂笔记》中写道："乾隆庚戌，命守吏构木为梯，遣人登视，一峰周围一百六步，上有小屋，屋中一几一香炉，中供片石，镌'王仙生'三字。一峰周围六十二步，上种韭二畦，塍畛方正，如园圃之所筑。"《阅微草堂笔记》是笔记小说，如同《聊斋志异》，此记是否有据，谁去到沧州崔尔庄问他？

木兰秋狝记

乾隆时，郎世宁等宫廷画家绘制《木兰秋狝图》，将乾隆至木兰行宫、下营、筵宴、合围等典礼进行时的情形，描绘得非常真实而生动。郎世宁等用既精细又流畅的线条，将人物绘得具有生命。除绘画的本身艺术价值外，更重要的是，这是一幅叙事的写实画，将秋狝时的一切情节，都如实画出，尽管也有幻觉和想象力存在其间，但仍是清朝帝王木兰秋狝的缩影与精华所在。每一个人物，上自皇帝、王公大人，下至满洲八旗及蒙古士兵，都按其品级与职位很适当地刻画出来。甚至连车马、仪仗、旗帜、衣冠、佩饰与兵器等，都一一描绘得忠实而细致，好一幅清代帝王木兰秋狝的图解。其中关于农村景物与庄稼人的活动，以及蒙古人的营帐设施与游牧生涯等，也都忠实而细致地描画出来,有许多方面都是文字记载所未曾涉及的。

见过很多关于“木兰秋狝”的著述，窃以为属刘家驹先生在《清史拼图》一书中的描述最为简约。

木兰为满文音译，哨鹿的意思；木兰围场，就是哨鹿的场所，康熙后，遂为清朝皇帝“秋狝”（秋天农地收获之后的打猎）的地方。哨鹿是女真部落的旧习，哨鹿者先以桦树皮为长角，吹此长角，即发出雌鹿呦呦的声音，附近雄鹿闻声而至，猎人乘机射杀。及至清朝，布哈特人还擅长哨鹿特技。其哨改用木制，长二尺余，状如牛角而中空。吹此哨，也可发出鹿鸣呦呦的声音，同样有哨鹿的妙用。故清朝皇帝秋狝木兰时，常有布哈特人随往。

木兰在承德北四百里，原为蒙古诸部落游牧的地方。康熙时，圣祖秋巡塞外，举搜狩之典（古代春蒐、夏苗、秋狝、冬狩，皆因田猎以讲武事），蒙古喀喇沁、敖汉、翁牛特诸部落藩王乃敬献此牧场，圣祖收纳，木兰遂成为秋狝讲武之所。木兰四周皆以柳条树作为栅界，以区别围场的内外，称为柳条边。其南面有二路，为围场的出入口。围场的面积周围一千三百余里，东西三百余里，南北二百余里；东至喀喇沁旗界，西至察哈尔旗界，南至承德府界，北至巴林、克什克腾界，东南至喀喇沁旗界，西南至察哈尔正蓝、镶白二旗界，东北至翁牛特界，西北至察哈尔正蓝旗界。在如此广大的空间内，林木葱郁，水草茂盛，故群兽生息其间，繁殖甚速，是帝王狩猎的理想环境。内有围场六十九处，每一围场设总管及翼长等官，负责管理围场内的一切事务，并有八旗满洲与蒙古官兵驻防，以缉查随便进入围场垦殖的人。

骑射与木兰秋狝体现了一个民族独特的人与自然的关系。

原来满洲部族在关外时，非常重视骑射。其幼儿三四岁，即放于马背上，使其习惯于马上生活。七岁左右即学习不用鞍辔骑马，比赛骑马技术。十岁后，即学习打猎，骑马驰骋于山坡丘陵间，在马上用箭射击小动物，以射不中为耻。故满洲部族中人，自幼即精于骑射，富尚武精神。从满洲部族中精选出来的八旗士兵，一度勇敢善战，都不畏死，实得益于幼儿时期的训练。清朝的天下，就是他们的战绩所奠定的基础。“女真不满万、满万不可敌。”可见骑射为清朝立国的根本。及满人入关，迁都北京后，满洲部族深受汉人传统文化的影响，渐忘骑射及满文。自圣祖提倡秋狝讲武以后，历朝相沿成习，以热河为避暑之地，以木兰为秋狝讲武之所，使皇室与大自然接近，锻炼身体，常葆青春活力；使帝王不致耽溺于无限旖旎的宫廷生活，消尽了精力，而没有励精图治的精神与雄心壮志。故秋狝事小，所关则甚大，康、雍、乾三朝富强极盛的基础，未尝不与木兰秋狝讲武有关。而且以木兰秋狝来联络蒙古诸藩部的感情，更有意想不到的效果。清初对西北边防，完全摒弃中国传统的修筑长城派兵驻守的政策，改采积极的态度，主动地联络外藩蒙古诸部落，与他们建立密切的关系，使中国西北地区不受战祸的蹂躏，没有战争的威胁，为长治久安的西北边防建立起无形的坚实基础。这种政策的实行，有其深远的意义与影响，而木兰秋狝即为此种政策中重要的一部分。

电视剧《康熙大帝》《雍正王朝》中都有秋狝行围与讲武的场面，令人过目不忘。

每年秋狝行围时，蒙古喀尔沁等外藩诸部落，按例派一千二百五十人为虞卒（参加围猎的士兵），称为“围墙”，以供合围之用。完全遵照满洲八旗行军作战的阵法，设中军及左右两民办，各设黄、红、白三纛（大旗）作为标识。在两翼之末，又各立蓝纛作为标识，军行进止均由中军号令节制。管围大臣，皆以满洲王公大臣领之，而以蒙古王公台吉等为副。两翼之末，则各以巴图鲁（勇士之意）侍卫三人，率领驰行。

围猎之前，先选一地为围场，并不宽广高敞的地方设黄幕幄，中设毡帐，称为“看城”，也就是合围的中心。按行围之制有二,一以数百人分翼入山林，驰射飞禽走兽，围而不合；一则于清晨前，管围大臣率蒙古副管围大臣及虞卒，八旗劲旅，虎枪营士卒，与各部落射生手等出营。以山川形势及围场的大小远近，迂道绕出围场的后面二十里或五十里，甚或七八十里。然后再由远而近，把兽赶往围场中心合围。

合围后，参加合围的虞卒，脱帽高举马鞭，高声传呼“吗尔噶”口号,“吗尔噶”是蒙古语“帽”的意思。声传递至中军，凡三次。中军知合围已成，乃拥黄纛慢慢前进，并指挥左右两翼徐徐行进，以等待皇帝入围射猎。这时距皇帝驻跸行营二三里，合围的人马，人并肩，马并耳，整个广场不过三里许，围场的外面从放围的地方开始，以虎枪营士卒及诸部落熟练的弓箭手,又重设一层,专射围内逸出的兽,而围内之兽则例不准射。

行围的日子，皇帝自御营乘骑，先到看城小憩。待合围的左右两翼红、白两纛齐到看城后，合围完成。皇帝乃身着戎装，全身披挂，请扈从大臣侍卫及亲随射手、虎枪手等，拥护由中道直抵中军。在中军前半里许，周览围内形势，了如指掌，而行围疾缓进止，皆由皇帝亲自指挥。仅二三里的空间，射飞鸟，逐走兽，左右咸宜。有时皇帝亲自下场射猎，有时则驻马观看诸王生手等驰逐野兽的情景。当围场内的兽聚集太多时，皇帝或特下御旨，散开合围的一面，就是我们平常所说的“网开一面”，放兽逃逸，围外的人，也不准逐射。猎罢，皇帝回御营，称为散围。诸部落各按队归营，完成一日的行围射猎。

余兴节目还有很多，除满族及蒙古士卒射布靶，表演角力与驯马等技艺外，皇帝于猎罢回宫后，有时引领文学侍从赋诗唱歌终夕。皇帝也常以猎获的鹿肉,分别赏赐给朝中文武大臣。因“禄”与鹿同音，故大臣等以获得鹿肉的赏赐，为无上的荣宠。有的大臣为了皇帝钦赐的鹿肉，还要特别上奏折谢恩。

如此一次为期二十天的秋狝，康熙一生参加了四十八次。

看过《雍正王朝》的或许还记得这样一场戏：某年秋狝，康熙有言在先，赏如意给猎获最多的皇子，结果是大阿哥领先，因康熙对大阿哥不满，想改变主意，把如意赏给不忍射杀怀胎之兽的另一个皇子，这时少年乾隆站出来说不妥，悉数皇爷爷一生共猎获一百五十三只老虎、十二只熊、二十五只豹、九十六只狼、一百三十三只野猪，其中有一天就一下子射杀三百一十八只兔子……你想过它们是公是母吗？问得好，这笔流水账，也让皇爷爷好不得意，立马变赏子为赏孙了，这个孙子和他的爸爸就都当上皇上了。当时看得我热血沸腾，觉得皇爷爷打猎实在太厉害了，现在知道，康熙所猎，困兽也。

金山岭长城记

著名考古学家苏秉琦先生在评价避暑山庄的历史意义时说："清朝的开国史继承了鲜卑、契丹等北方草原民族的事业，从古国、方国到帝国，最具重要意义的是，结束了自秦汉统一中华以来，以筑长城、设重防，把草原民族与中原农耕民族对立起来的格局，彻底地、一劳永逸地解决了。承德避暑山庄是一处人类历史上最了不起的纪念碑，为长城史画了一个大句号。"

从战国时的秦、赵、燕开始到明朝末年修筑的长城，其历史作用一直是中原农耕民族用来防御北方游牧民族的军事设施，在一定程度上，长城也隔绝了民族间的交流与融合，它封闭了田野的生机、河流的活泼，也封锁了通往草原、群山、海洋和天空的翅膀。因此，历史上修筑长城次数最多、依赖长城最重的明朝，也正是对西北地区最保守、统治疆域最小的王朝。随着长城的不断完善，明朝的势力也就再不能越过长城一步。

承德在历史上就是两种文化的交错地带。早在殷周时期，这里已有山戎、东胡民族活动，尔后便一直成为汉、匈奴、鲜卑、女真、蒙古等民族共同生活的地方。至清初，这里是蒙古牧场。长城作为中原民族备边的一种特殊手段，在承德境内留下了大量的遗迹，其中最著名的是金山岭长城，说它是中国万里长城现存最为精粹的部分，有根有据。著名长城专家罗哲文等曾对金山岭长城多次考察，得出这样的结论：它最突出的特点是视野开阔，气势雄伟，敌楼密集，建造艺术精美，比起中外闻名的八达岭长城有过之而无不及。

金山岭长城位于燕山深处，东望燕山主峰雾灵山，西接塞北重镇古北口，南拥密云水库，夜登“望京楼”可遥望北京万家灯火，北面则连接承德避暑山庄和木兰围场。高速公路连接京承，它大体处于中间位置，离北京和避暑山庄都只有不足一个小时的车程。

金山岭长城是万里长城整体建筑的一个组成部分，但，它又是不同于万里长城任何部分的一个独具特色的奇迹。

诗人、散文家周涛先生曾经面对长城感叹：“见到了许许多多的城墙，却没有见到修城墙的人。修城墙的人到哪儿去了？翻遍历史书，也找不见他们的名字。历史是他们创造的，然而历史却不记载创造了历史的人。”或许出于偶然，或许是因为金山岭长城太重要了，偏偏有周先生没翻到的白纸黑字：金山岭长城初为明洪武年间大将军徐达所筑，隆庆元年（1567 年），明穆宗调抗倭名将戚继光为蓟镇总兵官，谭纶为蓟辽总督，命他们防守东起山海关、西至镇边（今昌平西）的漫长防线。戚继光鉴于“先年边城低薄倾圮”的严重情况，以“因地制宜，以险制胜”为原则，加高加固了原有的城墙，并在主墙之外又用山石筑外墙一道，以为第一道防线。主墙之上，增设敌楼。敌楼两侧，构筑多道“障墙”，形成步步为营的格局，将秦汉以来的长城建筑推进到了新阶段。

令人叹服的是金山岭长城上密集的敌楼群，数十步或一百步，最远不过二百步，便是一座，两台相应，左右相救，而敌矢不能至，敌骑不敢近。敌楼的建筑也别出心裁。根据地形和功用的不同，有的方，有的扁，有的为砖结构单或双层拱楼，有的为木结构双层楼。敌楼有三眼、四眼、五眼，更有六眼，令人叹为观止。尤为巧妙的是，敌楼内部呈空心，史籍上称为“空心台”。这种上下两层的空心台，上层为士卒放哨的小铺房，下层为戍守的堡垒，多个券门，无数通道，不仅支撑了建筑的顶部，而且保证了运兵的自如。

尽管如此，明军最终亦未能防止清军入关。

二十年前，诗人蒋维扬朝金山岭老远一望，敏锐地发现此长城不同于彼长城。当得知是戚继光历时十四个寒暑精心修筑的，戚继光的弟弟戚继美也率领山东的部队参加了施工，他说怪不得呢，他们兄弟俩把他们老家的建筑风格带到塞外来了。

那次蒋先生下榻在金山岭长城管理处新筑的客房里。房舍青瓦粉墙，素雅幽静，给人以红尘不到之感。夏时制晚十点，他发现中庭一地好月，不觉动了登长城赏月色的雅兴，号召我们一起夜登长城。

长城如驰如奔，在苍苍茫茫的燕山山脉之上，我们宛如当年戍边换岗的士卒，越爬越高，千家灯火万户酣梦都在脚下了。往上看是浮云，是一轮将满未满之月，凛凛冷冷。在苍凉肃穆的情调中，远处依稀可辨的烽火台，如一座座熄灭多年的土高炉，再也传导不出一丝温热。西天天地相接之处，远远晃着一只手电筒，当地人说，那正是著名的兵家必争之地古北口，有火车正从那里经过。而长城，这沉重坚毅的一线，正沿着时高时低的山脊，轰轰隆隆奔我们而来，又游龙一般别我们而去，在呼呼的山风里，在范仲淹那支哀伤痛绝的悲歌中：

渔家傲·秋思

塞下秋来风景异，衡阳雁去无留意。四面边声连角起，千嶂里，长烟落日孤城闭。

浊酒一杯家万里，燕然未勒归无计。羌管悠悠霜满地。人不寐，将军白发征夫泪。

风也悲嘶，诗也悲嘶，遥遥战马，遥遥地悲嘶。

康熙三十年（1691 年），在修避暑山庄之前，当时的古北口总兵蔡元傻乎乎地上疏“请行修筑”金山岭一带倾塌的长城城墙。康熙皇帝为此下一道谕旨：“蔡元所奏，未谙事宜。帝王治天下，自有本原，不专恃险阻。秦筑长城以来，汉、唐、宋亦常修理，其时岂无边患？明末我太祖统大兵长驱直入，诸路瓦解……可见守国之道，惟在修德安民。民心悦则邦本得，而边境自固，所谓众志成城者是也。”有人说康熙是在总结了历史经验后，选择以“众志成城”来替代历代修筑长城的做法，是为以后建立避暑山庄打下了基础，自有道理，而在我看来，其实用不着冠冕堂皇的理由，心里有数就足够了，那就是康熙祖上是从关外来的，原来的所谓关外，正是他的老家啊，还修长城干什么？在自己家的院子里垒院墙吗，那不是要把自家的大院子分割开吗，不是要把老家圈在院墙外吗？

长城到了清代是真正地结束使命了，与其说它终止于金山岭，不如说结束在塞外的避暑山庄。长城在历史上是防守，是分隔，是对立，是封闭，从来没有真正地解决民族矛盾，在民族统一的宏伟目标下，长城的作用是消极的。而避暑山庄的作用则更积极、更有效、更和谐，那长长的御道串联着座座行宫，穿过横贯的长城，由京城延伸至草原、大漠，把中原与边疆紧紧地联系在一起。长城的使命在避暑山庄的终结，是历史的必然，它预示了国家民族统一局面的到来。

忽然想起大思想家伏尔泰曾经说：“中国在我们基督纪元之前二百年，就建筑了长城，但是它并没有挡住鞑靼人的入侵。中国的长城是恐惧的纪念碑，埃及的金字塔是空虚和迷信的纪念碑。它们证明的是这个民族的极大耐力，而不是卓越才智。”我曾深以为是。而今看来，任何思想，都是事后的思想，再大的思想家也不例外。回到真实的处境中，中国在成为拥有上千万平方公里国土的大国之前,分封制小国是一定要垒院墙的,防御不说，单是为了各自的特权，也是一定要垒院墙的。像长城一样的石头墙,不光中国有,据我所知,英国也有,叫“障墙”,捷克也有，叫“饿长城”。在捷克，在布拉格，汉学博士、翻译马丁在查理桥上手指不远处一个山丘对我显摆说:“看,长城,我们捷克也有长城，饿长城。”我一时蒙了，什么？布拉格有长城？看我没反应过来，马丁再次指了那山丘说:“看，在那儿，饿长城。”我看见了,长城,真的是长城,在青草之上绿树之下,黑乎乎，像一只小小的尺蠖。据说，那是查理国王令一群饥饿的流浪汉修筑的，因为他听说中国修筑了长城。

布拉格记

饿长城

桥是奇妙的道路，原为行走，若不是急于到对岸去，上得桥来，或俯水、或仰天，脚步反而缓慢下来。

踏上查理古桥，放眼一望，一下子，我就让布拉格给镇住了。

青石红瓦，千姿百态的人文;水色山光，如诗如画的自然。远处，白桦林托举着高高的圣维斯教堂金色的尖顶，上面是漫天舞蹈的黄金。难怪歌德说“布拉格是世界上最美的城市”，让人浑身都是眼睛也不够用。

说完身边这布拉格最具魅力的古桥，查理大学在读汉学博士、翻译马丁随手一指不远处的山丘说：“看，长城。我们捷克也有长城。”

“你说啥？你是说布拉格也有长城？”

见我蒙了，马丁再次指了那儿说：“看，饿长城。”

看见了，长城，真的是长城，在捷克，在布拉格，在青草之上绿树之下，黑乎乎，孤零零，见首见尾，像一只小小的尺蠖。

这儿怎么就有了长城呢？

为什么要叫它饿长城呢？

马丁说，在查理四世的时候，城里来了一群流浪汉，个个身强体壮，偏偏沿街乞讨，饭来张口。有一天国王遇见他们，就问，你们怎么不去干事呢？他们说饿，饿得一点儿力气也没有。国王又问要是让你们吃饱肚子呢？他们说吃饱了也是白搭，无事可干。碰巧国王听说中国修了长城，就下了一道谕令：让他们吃饱肚子修长城。

于是布拉格就有了长城。

于是这长城就叫“饿长城”。

“真是吃饱了撑的，查理。”我忍不住说。

三步一回首，望那饿长城，你不觉得怪？

转眼到了查理桥的尽头，马丁交了班，换成了一个翻译姑娘。领我们钻进一家小小咖啡馆，她说，这是卡夫卡咖啡馆，一度是他构思写作的地方，就在靠窗的那张小桌旁，他耳闻伏尔塔瓦河的流水，眼观小山丘的风景。

我坐在窗前——卡夫卡曾经坐过的地方望了望，一眼就看到了饿长城，它让我想到卡夫卡的小说，想到他的与长城有关的那个残篇《中国长城建造时》。

好像我就是卡夫卡了，我就是望着饿长城遐思的卡夫卡了。

卡夫卡说他的《中国长城建造时》记录的是一个寓意深刻的传说，最初用的题目叫《皇帝的谕旨》。他写道：“有一个传说对这一状况做了很好的描述：皇帝向你这位可怜的臣民，在皇天的阳光下逃避到最远的阴影下的卑微之辈，他在弥留之际恰恰向你下了一道谕令。他让使者跪在床前，悄声向他交代了谕旨；皇帝如此重视他的谕令，以至于还让使者在他的耳边重复一遍，他点点头，以示所述无误。”

建长城的事就这么定了下来，在昏昏然的圣谕里，在卡夫卡的白纸黑字中。

天下真有怪诞的事，多么离奇的都有，像小说。

想来如果饿长城的修建真像马丁说的那么简单，那卡夫卡就过于郑重其事了；可是如果卡夫卡不是每天面对着饿长城，会有他的半拉子小说吗？我翻遍了能够找到的所有关于布拉格的中文资料，没有提到“饿长城”这三个字的。倒是《中国长城建造时》，令许多人感到奇怪：一个奥匈帝国时期的捷克人，为什么对中国的长城如此感兴趣？或许他是从布拉格的城堡游走，恍然到了中国长城？也许他认为长城即是中国的城堡？

见过饿长城的人，对卡夫卡的小说应该不再那么奇怪了。显然，卡夫卡记录的不仅仅是传说，他不仅见到了长城，还关注着长城。面对长城，或者毋宁说，是面对“皇帝的谕旨”，他把自己打扮成中国的南方人发出了自己的疑问：“在我看来恰恰是有关帝国的问题应该去问一问老百姓，因为他们才是帝国的最后支柱呢。”

两个卡夫卡

到了捷克，到了布拉格，我最关心的就是卡夫卡。最早知道捷克和布拉格，是通过卡夫卡，当然还有马哈、塞弗尔特、昆德拉、哈维尔。是他们享誉世界的诗文，让我把捷克把布拉格看成文学和精神的圣地。偶然得到去布拉格的机会，我心暗喜，卡夫卡啊，是你在冥冥之中给我以机会吗？如果不是这看似偶然的机会，到你的老家去，我想都没想过，梦也没梦过。

卡夫卡，你的那个奇特的时代和你奇特的经历、奇特的创作，给我们以奇特的感受。你在日记中写道："我内心有个庞大的世界，不通过文学途径把它引发出来，我就要撕裂了！"你内心的那个庞大的世界，一直吸引着我，那是你将世界审察一遍之后洞察到的人类存在危机，包括你自己身体的"来不及了"的危机。我一直记得你写在小说《诉讼》里那个寓言般的故事：乡下人在法院的门前徘徊，想进去，却遭到守门人的阻拦。那似乎是一个徒有其名的门户，守门人的责任就是阻拦，同时又让乡下人心存希望，仿佛有一天守门人高抬贵手就可以放他进去。于是，乡下人经年累月、低三下四、费尽口舌，一直到死神降临之时依然被挡在门外。我总觉得，其实你比这世界上所有的作家都关心生存和未来。我看见你焦虑的样子，在那张掉了油漆的书桌旁，在那盏恍惚的油灯下，你忧心忡忡，病入膏肓，只活了四十一岁，甚至来不及把爱情进行到底。你匆匆地走了，离开你的读者已经八十多年了。八十多年过去，你笔下的阴郁和恐惧，离我们远了吗？

到了捷克，我就迫不及待地打听你——卡夫卡，打听你的一切，包括坟墓。我原来以为，即便不打听，只要是在布拉格，到处都能听到你咳嗽的声音。可是恰恰相反，好像你在你的故乡并不存在，对你的情况，就连作家协会的人也只知其一不知其二。翻译马丁倒是知道你，说是因为在中国人民大学留学时赶上了“卡夫卡热”。

在布拉格最富于市井风味和历史趣味的老街广场，马丁说，你不是打听卡夫卡吗，这里就是他生活过的地方，他在这里生，在这里长，在这附近上小学上大学，后来他工作过的保险公司也在这附近，他好像一生都没离开这儿。马丁说在广场后面的小街里，有他的故居，一块小小的牌子上写着“卡夫卡的家”，不向公众开放。不远处倒是有一家卡夫卡博物馆，门票不便宜，里面有一些招贴画和明信片，没有别的。我问有卡夫卡的书吗，答曰没有。卡夫卡，就这样，我们在离你的故居很近的地方离你很远。

在那个教堂外面，马丁说里面有一只挂在铁链子上的手——一只妄图抓走圣母玛利亚雕像前的金币而被一刀砍掉的手——也能和你联系起来，正是这只手，让那时还是高中生的你，一下子成了思想家。马丁指着那只手介绍说，你的一个同学说:“很可怕，强直性痉挛，源自某种突然产生的内心顾虑。盗贼渴望得到圣母装饰，被这种欲望掩盖的宗教感情突然被他的盗窃行为震醒了。他的宗教情感比他设想的要强烈得多，因而他的手僵硬了，再也收不回来了。”你说：“对！对于神圣东西的渴望，伴随而来的对亵渎圣物的羞愧，以及人所具有的正义感，这一切是强大的不可战胜的力量，一旦人违背这些东西，它们就会在他身上顽强反抗。它们是道德上的调节力量，因此一个人要在世界上进行某项犯罪行为，他总是先要压垮自己身上的这些力量。要犯罪，总要先在心灵上肢解自己。那个要偷塑像上装饰品的人未做到这一点，因此他的手僵硬了。他是被自己的正义感麻痹的。对他来说，给他一刀并不像你认为的那样可怕，相反，惊恐和痛苦给他带来的是解脱，灵魂的肢解被快刀对他肉体的伤害所取代。这样，这个可怜的退役兵就从良心的痉挛中解放了出来，可以继续做人了。”

你是天生的思想家吗？卡夫卡！

卡夫卡，我最终也没能找到你的墓，尽管我们到了一些教堂和墓地。听说你就睡在布拉格地铁的边上，墓碑上只刻下你和你父母的名字。

我久久打量你的照片。浓眉大眼的你，忧郁的你，满脸焦虑，一筹莫展。你的大耳朵异常招风，支支棱棱的，像是灵魂的“大锅”，时刻在接收可疑的信号。

想了很久我也想不明白，为什么你——卡夫卡成了灯下黑。那年夏天在昆明一家书店见到一本写布拉格的游记，作者叫细毛、尹齐。随便翻翻，眼睛一亮，立刻买下背着走了半个云南。说实话，买此书，主要是冲着下面这段话：“也许，布拉格人，跟其他地方的人，怀着不一样的视角看待卡夫卡。因为他是用德语写作的。因为他作为一个世界公认的文学大师，并不是捷克或波希米亚民族的代言人，他是一个另类。他是一个不明确的存在。虽然生在布拉格，然而却是奥匈帝国的犹太人，受的是完全德国化的教育，跟犹太人的文化宗教显得格格不入。”

难怪在你的小说《变形记》里，主人公一觉醒来就变成了大甲虫。有人说这是你在暗示自我的现实处境，人醒来发觉自己变成了虫子，和周遭的世界突然断了沟通的可能。当你以虫子的形体、虫子的眼神、虫子的身体动作和虫子的声音与人类接触时，人，哪里认得出深藏在你意识中的“民族回忆这样的东西”？一旦变成异类，再努力也无法找到一种能将自己的回忆与他人共享的语言，人的灵魂裹在虫子的外壳里，你便只能和自己交谈。余光中先生在他的随笔中也说：“就像其小说中的人物一样，卡夫卡始终突不破自己的困境，注定要不快乐一生。身为犹太种，他成为反犹太的对象；来自德语家庭，他得承受捷克人们的敌视；父亲是殷商，他又不见容于无产阶级。另一层不快则由于厌恨自己的职业：他在‘劳工意外保险协会’一连做了十四年的公务员，也难怪他对官僚制度的荒谬着墨尤多。”可我依稀记得，在你看似荒诞的叙述里，无不立足于现实经验，包括那只躺在床上的大甲虫不断挣扎的许多细腿，以及想翻身而不得的艰难等。事实上，你只不过是将人物换成一个动物，让一只无助的大甲虫带着人的眼光和内心感受，来看待冷漠的现实，尤其是家庭中的人伦状态。

…………

说来也巧，正在我寻不着觅不到卡夫卡的时候，卡夫卡来了，只是，他是另一位——捷克作家联合会的卡夫卡先生。在捷克，除了捷克作协，还有另外两个作家组织。为了多交朋友、多了解情况，中国驻捷克使馆文化处安排我们会见了捷克作家联合会的主席希斯和他的助手卡夫卡先生。此卡夫卡曾经长期跟随原捷克共产党总书记雅努什工作，源于此，他们的联合会至今还无偿使用着捷克共产党的房子作为办公室。他们的组织有七十多人，政治上比较温和、保守。卡夫卡把他们主办的报纸拿给我们看，叫《侧影与树干》，说是“侧影”代表 20 世纪六七十年代因为政治原因一度出走现在又返回捷克的那些作家；“树干”代表始终没有离开故土的那些作家，报纸的名称象征这两种类型的作家今天又走到了一起。

卡夫卡在 20 世纪 80 年代中期跟随雅努什访华时受到过邓小平的接见，后来他又多次访华，对中国的印象特别好。他说 1999 年他作为专家陪同一企业家访问中国，临回国时这位企业家对他说：“如果你们共产党当初也像中国共产党这样治国，就不会有人反对你们了。”说到这儿，他停顿下来，眼睛直直地望着我们。

听说我们是诗人代表团，卡夫卡说他也喜欢诗。碰巧李琦和我手头还有诗集，就每人送他一本。他高兴得像个孩子，马上翻看起来，说要亲自选几首翻译成捷克文，在他们的报纸上发表，后来也不知译成了什么样。

我原以为两个卡夫卡之间没有什么联系，一点儿也没有，半点儿都没有，他们各自领有各自的命运。可不知为什么，我又总是把他们联系在一起，想到历程、性格和命运。

当我得知,他们的名字,在捷克语中的原意为“寒鸦”或“穴鸦”，我吃了一惊。想到他们都热爱文学、支持社会主义，内心存在着对天堂的幻念，那么“志同道合”，我很惊诧。

饥饿艺术家

“近几十年来，人们对饥饿表演的兴趣大为淡薄了。从前自行举办这类名堂的大型表演收入是相当可观的，今天则完全不可能了。那是另一个时代。当时，饥饿艺术家风靡全城；饥饿表演一天接着一天，人们的热情与日俱增；每人每天至少要看一次；表演期临近届满时，有些买了长期票的人，成天守候在小小的铁栅笼子前；就是夜间也有人来观看，在火把的照耀下，别有情趣。”

以上是小说《饥饿艺术家》的开篇，卡夫卡的手笔。读它的时候，我被出神入化的文字和那些“饥饿艺术家”所吸引，把那表演的场所，想象成庙会。绝未想到的是，有一天我会踏上他们的国土，把对一段文字的感受还原成眼前的景象。

是的，我看见了饥饿艺术家，在 2001 年的 10 月，在布拉格城堡，在捷克总统府的门口，在圣维特大教堂的影子下面。

他们吹吹打打，他们唱，在捷克总统府门口，在布拉格城堡，在圣维特大教堂的影子下面。

他们有椅子也不坐，不吃东西，一个个站得倍儿直，时而有礼貌地向人们点头致意。

他们不停地吹打，一股劲儿地唱，据说已经习惯了。

他们尽体力之所能，一个个站得倍儿直，仿佛可以长久地坚持下去，永远也舍不得离去。

他们不要门票，要票子。你掏出美元或捷克克朗来，他们的眼睛就放电，他们把呢帽摘下来，倒置托在手上，一转眼，又回到了头上，票子还在你的手上，也可能已经在他们的帽子里。

我见了不少这样的“饥饿艺术家”，在捷克。

据说他们的脚下，正是欧洲的中心。

难道是，饥饿表演重新风行的时代已经来临？

多想探悉这一现象的奥秘，体察他们的心情。我想，这肯定是一种刻骨铭心的生存体验。

最终，我在他们当中，看到一个熟悉的身影，看到了《饥饿艺术家》中的“饥饿艺术家”，那分明是卡夫卡的身影，在一个笼子中。

《饥饿艺术家》产生于卡夫卡逝世之前巨大的孤独时期，是一个典型的“卡夫卡式的文本”，其中隐藏了许多显然不合逻辑的东西，奇异的、梦幻般的不合逻辑，与他严谨的逻辑推理和冷静的事实描述形成对比，于是在他笔下产生了一个又一个隐喻，产生了神话的现实。

卡夫卡把生活中经历的失败看成绝对的，甚至从不为自己的失败寻找借口。他强烈地专注于自身——自己的存在以及存在的意义。

卡夫卡，一个犹太人，生活在布拉格的动荡的捷克人世界中，用德语写作，没有亲情，没有爱情，有的是太多的不可理解、不可捉摸和敌意。每一件事情都在将他拖离这个世界，拖到一个地方，在那里事物和人类关系保持着它们的神秘性，在那里他可以喘一口气，“那里”是笼子，也是他的文学创作。何以解忧？唯有写作。写作可以使他进入实际生活难以达到的境地，甚至是被禁止的空间。

从一定意义上说，导向内心的好作品就是这样产生的：面对基本的人类处境，一个作家以绝对的方式经历了它，并且按绝对的方式解读它，在形而上的层面上，体现了他个人内心冲突的非凡能力，于是他创造出来的作品，将我们的注意力转向存在的最基本问题，转向我们的精神。那些无法超脱的东西，化作有血有肉的文学的肌体，而作家自己，为了艺术，已经殉难了。

哈　维　尔

2003年2月15日，捷克人给了即将卸去总统职务的瓦茨拉夫·哈维尔以新的荣誉。经过两轮以争吵为标志的投票，议会一时未能选出哈维尔的继任者，从而证明他的确是一个很难取代的人物，在它的光芒抑或影子下面，其他的角色显得黯然失色。

从一个从事戏剧创作近三十年的荒诞派剧作家，到掌权十三年的总统，从一个持不同政见者到在国际上享有盛誉的社会活动家、政治家，从一个舞台到另一个舞台，哈维尔的人生道路崎岖，其角色充满戏剧性，如他荒诞剧中的角色。

2001年10月，受中国文化部和中国作协的派遣，我随中国作家代表团访问捷克。在捷克文化机构、查理大学和捷克科学院做客期间，我无意中提到哈维尔和他的荒诞剧，引起捷克同行的注意。从我对哈维尔的了解中，他们误以为我是研究他的学者，一再要求我对他的为文为人发表看法。实话实说，我表示对他们的总统素无研究，不过是因为我主编《文论报》，在1998年到2000年间，恰巧发表了至少五篇有关哈维尔身世和对其戏剧进行研究的文章。这就更让捷克朋友觉得不可思议，一再刨根问底。中国文化界对哈维尔的关注热情，实在出乎他们的意料。

在参观捷克总统府时，翻译马丁仰天一指说："看那旗子——插着旗子的屋顶下面，是总统的办公室。屋顶插着旗子，说明这会儿他在，老百姓有事可以找他，收了旗子，说明他外出了。"我一时沉思起来，为那面招摇的旗子，以至于连旗子的颜色也没看清，后来我在诗中设想那旗子为绿色。

甭管怎么说，那是一面开放、愉快、平和、自在的旗帜。尤其是在"9·11"事件刚刚发生、布拉格街头的装甲车严阵以待的时刻。

你好，哈维尔，请接受一个中国诗人的问候和祝福。

哈维尔出生于一个企业主家庭，他的祖父是布拉格的一个磨坊主，父亲是一个建筑商，叔父是当时捷克最大的"电影大王"。由于众所周知的原因，1948年他们家成了阶级斗争的对象，一夜成为穷光蛋。对哈维尔来说，阶级斗争意味着不能继续上学，1951年读完高小以后他就直接开始工作。像他那样社会地位的人怎么可以上中学呢。他被派去当建筑木工学徒，瘦小、头晕，家里人最担心的是一阵风把他从房顶上掀下来。那个时候，像当时许多人一样，他造父母的反，千方百计闹着与家庭划清界限。"在我的双亲最困难的时候，我深深地伤害了他们。好在只是一个迂夫子说了一些蠢话而已。"他回忆说。几经辗转，他后来当过实验室的助理员，当过工兵，当过ABC和栏杆剧院的舞台管理员、灯光设计师、书记员、审稿员，直到成为一名剧作家和政治活动家。由于担任一个持不同政见者组织的发言人，政府曾三次以“企图颠覆共和国”的罪名把他监禁起来，关押长达五年。1989年12月29日，他被联邦议会选为共和国总统。这个结果，在捷克人的手下产生，对我们来说那叫意外。

我之所以要以一个诗人的名义向他致意，是因为我知道，最初他是写诗的，写了好几本诗集。提起这一经历，他开玩笑说：“幸运的是都未出版。”他喜欢以诗人自居，尽管他从事了近三十年的戏剧创作，以剧作家闻名于世。

哈维尔著作等身，好戏连台。可是他写起东西来，也并不像有些人想象的那么容易。他说他写作总是要花许多时间，写得很慢、很困难，常常重写，重新组织结构，思考得很多，时不时就会向失望低头。

他早期的创作，总是想抓住社会机制问题以及社会机制问题中的人的际遇，被称为布拉格永远的持不同政见者。直到浮士德式的主题开始萦绕在其心头，创作才发生变化。在他的后期创作中，他说他像被魔鬼所诱惑，就像被魔鬼的魔爪攥着，被它纠缠。他决定开始写真正属于自己的东西——怎么想就怎么写的东西，一种真实的东西。他说，真实并不是只像你想象的那样，它更在于你说出它的环境，在于你说出它的对象、原因和方式。这也是他的著名荒诞剧《诱惑》的主题之一。

哈维尔属于战后作家，早年深受现代主义濡染。拥有这样的背景，他对在失去上帝之后人类自身的脆弱、个性的不确定、行为的缺乏意义有着深切的体会。他除了像他的前辈作家那样用怀疑的眼光打量着世界，同时还处于深深的自我怀疑之中。所谓“荒诞”，已经被他当作前提接受下来。因为这种自觉，他知道恰当地评估自己行为的意义，免得把它弄成既压抑别人也压抑自己的事情。他说：“外国人常常惊讶于我们在这里所经受的磨难，同时又惊讶于我们在这种情况下仍然能够大笑。这很难解释，只能说若没有大笑我们便几乎不能去做严肃的事情。如果一个人的脸因为这个人所面临问题的严肃而变得越来越严肃，那么他就很快会变得僵硬和成为他自己的雕像。那么一个雕像是不可能起草另一份历史文件和胜任任何人类使命的。如果你不想把自己的严肃弄到人人都感到滑稽的份儿上，那么你就得对你自身人性的荒谬和虚无有一个健康的意识。事实上，你正在做的事情越严肃，保持这种意识就越显得重要。只有这种自觉才能给某种行为注入伟大。真正有意义的轮廓只有从荒诞的底部才能看到。”

说得好。于艺术，于人生，都给人以启示。

抛开剧作家的身份不谈，作为被囚禁的持不同政见者成为国家领导人，哈维尔往往被看作是欧洲的曼德拉。可是，捷克人的观点不同。哈维尔改变了历史进程，捷克人对他充满感激或对他的离去感到忧伤，但有时他也被说成是一个令人不能容忍的、不起作用的骂街者。

他无疑是一个政治人物，但不是一个最优秀的政治人物，因而对他来说，利用自己的道德权威比运用总统的权力更适当。他说他一旦任命一个政府，他就不去干预，而政党领导人却指责他经常插手；他拥有非常大的权力，可以出席议会的任何会议并且头一个发言，想怎么说就怎么说，想说多久就说多久，还可以要求部长们接受特别任务并且直接向他负责，他甚至有能力使政府瘫痪。可是一家报纸的主编却说："哈维尔专门发布赦免令，释放毒品贩子和不称职的医生。"哈维尔自己的说法是："一个人所掌握的权力越大，就必须越是谨慎地运用它。"

作为剧作家，哈维尔是不修边幅的。有一张老照片引起了很多人的注意：他坐在一盘带皮的煮土豆前，若有所思。一张照片，是一段日子的缩影，带皮的煮土豆，是他的家常便饭。人们也注意到，当了总统，他马上就有了派头，那些合体的西服，全出自欧洲的名裁缝之手，只是，他的腕子上，还戴着那只奇怪的布艺手镯。他还喜欢自己驾车，而且爱开快车。有一次，哈维尔决定亲自试试刚刚上市的一种新型轿车。下车后他兴奋地对在场的观众说，在时速一百五十公里的情况下，这车跑得棒极了。记者们质问说，捷克的最高限速是一百三十公里，难道总统就可以忘乎所以违反交通规则吗？警方不得不承认总统违规，差点儿对他罚款。

2002 年 9 月，哈维尔对美国进行最后一次官方访问。9 月 19 日他在纽约市立大学学生中心发表演说，向政治告别。他说他发现了一件令人惊奇的事情，那就是尽管预期中的经验的财富应该带给他更多的自我把握、自信和处事精到，但是事实上正好相反。在他当总统的时间内，他变得对自己更加没有把握和更加谦卑。他说："人们也许难以相信，但是我的确日复一日地感到怯场，越来越担心我是否能胜任工作，或者会不会把事情弄糟。写演讲词越来越难了，每一次去写，我都比以往担心这将无可救药地一次次重复自己。而越来越多地，我担心自己会可悲地失掉预见性，担心缺乏工作能力，担心尽管出于好心但还是酿成了更大的错误，乃至我不再受到信任和失去我该做的事情的正当性。"他接着又补充说，"我完全不是说我感到挫折，或者一切都是虚无的。相反，我们的世界、人性和我们的文明也许正处于有史以来最重要的转折点上。我们比先前更有机会去理解我们的处境和我们前方的困惑，并且朝向理性、和平和公正，而不是导向我们的毁灭。"

哈维尔的一生，经常被比拟为一出戏，由他亲自披挂上阵，领衔出演。此种比喻恰如其分。通过一个历史的偶然，一个剧作家被抛进一个神话世界，直至总统的宝座，扮演一个命中必须扮演的角色。在接下来的岁月里，他又不得不回到台下。这时他的剧作家和诗人身份是隐形的，但照常发挥作用。在一大一小两个舞台的比照中，他说他看得非常清楚："神话故事仅仅是人类原型的投射，而这个世界在所有结构上并不像神话故事，并不依靠神话和神话中的英雄，也不再依靠将诗人提升到推翻帝国这样位置的偶然性。尽管，诗人的声音应当更仔细地被倾听，被认真地对待，甚至比银行家和证券经纪人的声音更要严肃地对待，但与此同时，我们不能指望这个世界在诗人的手中突然变成一首诗。”

无论如何，他扮演了他的角色，不管最初是否想接受和配得上它，也不管他多么满意或不满意自己的努力，说到底，他曾经拥有了在一个大舞台上真实地参与改变世界历史事件的机会。作为一种生命的经验和创造性机会，那隐藏于其中的任何东西，都是值得去面对的。

在 2003 年 2 月 2 日的正式告别演讲中，哈维尔表示：“作为一个总统，我要走了，但作为您的同胞，我和您在一起。”他带着他的那些荒诞剧和同胞在一起。他是清醒的，他知道即使他不再有新的创作，演出也不会终结。

诗人雕像诗人墓

你不可能在其他地方见到那么多的诗人雕像、诗人墓地，除了在捷克，在布拉格，还有伦敦城中的威斯敏斯特教堂。在布拉格高山城堡苦栗树掩映的教堂周围，“捷克诗人的精神之父”马哈领着他的成群的诗友们安心地睡了，生前为伴，死后为邻。长明灯伴着他们的梦，伴着一个透明的信念：对一个诗人，对一首诗，不是盖棺就能论定的，一个民族，有时需要看上几十年、几百年甚至几千年，才能看清自己的诗魂。而更多的诗人，包括流浪的乞讨的诗人，生前的遭遇虽不同，死后的待遇却无异，在大街小巷，在小镇和乡村，血肉之身，有石可托，全部凝为砂岩和大理石的雕像，在转身或眨眼之间。他们就像诗人臧克家笔下的“有的人”，死了，但还活着。他们什么也不用说，让耿耿诗魂，活在骨头、舌头和血液中，在永远的祝福里。

多么好，一种缓慢持久的传统，深情、深沉又可爱的传统。

在我对这种传统一无所知之前，我理解不了捷克历史上为什么能够出现那么多出色的诗人，更理解不了时任总统哈维尔为什么一再说："诗人的声音应当更仔细地被倾听、被认真地对待，甚至比对银行家和证券经纪人的声音更要严肃地对待。"

我在卡雷尔·希内克·马哈(1810—1836)的墓畔久久伫立，认真地倾听。

五月（节选）

那是五月初一，
深沉的黄昏，
黄昏的五月——
爱恋的时辰。
斑鸠加入了求爱的合唱，
在那霉湿的松树丛林。
沉静而痴情的青苔低声细语，
参天大树为负心而内疚忧戚，
夜莺向蔷薇献上自己的恋情，
回应的却是一阵阵馥郁的叹息。
灌木丛荫蔽下的平静的湖
在暮霭中发出深沉的悲鸣，
…………

这是他在一百八十多年前创作的抒情叙事长诗《五月》的

开篇。长诗的主人公威勒姆，是个感情炽烈的人，被家庭驱逐，成为强盗的首领。他杀死了那个诱奸他恋人的人，原来那个被杀死的人正是他的父亲。天主教因而把他送上了断头台，与他热恋中的、绝望的姑娘葬身湖水。诗人来到刑场，面对威勒姆的头颅，不由得悲伤起来，想到自己的青春和命运。聪慧的诗人，通过对威勒姆悲剧社会根源的挖掘，对整个社会提出了强烈的控诉。他先从充满哲理思想的自然景物描写开始，让大自然的美反衬出封建社会制度的黑暗。在那美丽、迷人的五月之夜的对面，是受尽精神折磨的人上了断头台。诗人以自然的和谐，衬托出黑暗社会的混乱，给诗篇以惊心动魄的魅力。因此，马哈被公认为“捷克文学中第一个敢于大胆表达自己的信念、怀疑、希望和感情的人”，被誉为“捷克真正的民族诗人”和“捷克诗歌的施洗者和培育了整个现代诗歌的精神之父”。

在诗人墓前，供奉着无数的鲜花和苦栗，清清亮亮的波希米亚玻璃器皿里，有清清亮亮的水，上面漂着燃烧的红蜡烛，而那清水里，有我的泪。在我模糊的泪眼中，闪过坟地里生长着的被捷克民族称作“母亲的魂灵”的小叶儿花——那是与马哈同时代的诗人爱尔本命名的。

花束（节选）

母亲死去，
被送进了坟墓，

孤儿们留在了人世；
他们每天清晨去到墓地，
为了找回自己的母亲。

妈妈可怜这些小乖乖：
魂儿悠悠返回家，
化作朵朵小叶儿花，
盛开在自己的坟头上。

小叶儿花啊小叶儿花，你是母亲的魂灵，难道不也是诗人的魂灵吗？诗人死去，被送进了坟墓，读者尚在人世，他们经常到墓地去，带着鲜花、苦栗和泪水，为了找回自己的诗人，诗人化作了朵朵小叶儿花，开在自己的坟头上，前可见古人，后可见来者。

可惜我没能找到我心仪已久的诗人塞弗尔特的墓。我在所有埋葬着“妈妈”的坟前徘徊，看他如何找回母亲：

那是一面镶着椭圆金框的镜子，背面的水银已经渐渐脱落，几乎照不清楚人的模样。妈妈的半辈子呀，都是用它来照着梳理头发，她是那样的秀丽端庄。

镜子挂在窗户旁的一个小钩子上，它瞧瞧我，看看你，怎能不舒坦地微笑？妈妈曾是那般的欢乐，连一丝皱纹也不曾有，即使有，也是为数不多的啊！

她常常在小磨坊里，哼着华尔兹舞曲，还和爸爸一起，幸福地跳上几步。当她追忆青春年华，她便忍不住地瞥一眼闪亮的镜子。

她从梳子上摘下脱落的头发，把它缠成一个小团儿，顺手给炉火加餐。当她把发团儿往炉门里扔时，我看到了妈妈眼角旁的条条皱纹，已是一把张开的小折扇。

天长日久，镜框变了形，镜面也裂了些小缝儿，它里面渐渐发了霉，后来终于裂成了两半。妈妈就用这破了的镜子，继续梳理着她的鬓发。

时光飞逝，妈妈的头发渐渐斑白，她已经不再去照镜子，习惯于待在僻静的地方。每当有人来敲门，她便匆匆忙忙走出来，头上系着一块黑色的头巾。

如今，我又走进屋来，但我心绪不宁。没人再站在门槛边等我了，也没人再将我的手握得那样紧了，我不知所措地四下顾盼：那面镜子仍旧挂在墙上，可是我已经看不清它，泪水模糊了我的眼帘。

凭记忆默写的诗行，可能文字并不十分准确，但情感十拿九稳。写作这首《妈妈的镜子》的人，是我特别心仪的诗人，被捷克政府授予“民族艺术家”称号的雅罗斯拉夫·塞弗尔特，1984 年，由于“他的诗富于独创性、新颖、栩栩如生，表现了人的不屈不挠精神和多才多艺的渴求解放的形象”而获得诺贝尔文学奖，1986年逝去。

我多想找到那面镶着变了形的金框的已经裂开的镜子，我确信它的存在。它出于诗，但来自生命和生活，应该进入捷克国家博物馆。

塞弗尔特，你知道吗，就因为喜欢你的这首诗，我多少回凝视镜子，妄图在那些镜子的深处，看见你笔下的“妈妈”。可是看来看去，却总是看见镜子里的我，和我的母亲。

我也写过一些关于母亲的诗，写过似乎永远不会走路、总是一阵风似的奔跑着的妈妈，写过《娘的脊背》《母亲的灯》，或许是因为再三写母亲的缘故，有文学前辈曾非常认真地劝导我说：“也写写你父亲吧。”这让我无言以对。塞弗尔特，我该怎么回答？

对母亲的爱是一切动物的天性。恰恰因其是天性，古今中外，表达这种爱的人就格外多，使其成为诗的基本母题之一。但多数人靠的是原始生命力的推动，一不留神儿，情感就扎了堆儿，很难拥有特立独行的艺术表达。将一个儿子对母亲的爱凝聚在一面镜子中，将母亲的一生浓缩在一面镜子中，塞弗尔特，这是你的发现和创造，你的“这一个”母亲的形象，是有史以来最明亮的母亲形象，是没有变形却又成了天下所有母亲缩影的折射。

塞弗尔特有数不清的好诗，趁便抄出一首只有短短四行的《安慰》。

安　慰

姑娘，姑娘，你为什么皱起眉头，
莫非你遇到了整日阴雨绵绵？
而那边那只小蜉蝣该怎么办啊，
它的一生都遇到阴雨绵绵！

诗行单纯到了不能再单纯，内涵却又丰盈到了十分。如果说它单纯，明明白白，不用我说；如果说它丰盈，坚实饱满，那其中只可意会、无法言说的意味，说也说不透。索性不说吧，只体会诗题：这是一个诗人给我们大家的诗的安慰，如此浅显又深沉博大，如此忧戚又豁达风趣，还有比这更值得让人安慰的安慰吗？说来还真有，只是，那是另一种安慰。请看：

拿　破　仑

孩子们，波拿巴·拿破仑
是什么时候
出生的？教师问道。

一千年以前，孩子们说。
一百年以前，孩子们说。
没有人知道。

孩子们，波拿巴·拿破仑
这一生
做了些什么？教师问道。

他赢了一场战争，孩子们说。
他输了一场战争，孩子们说。
没有人知道。

我们的卖肉人曾经有一条狗，
弗兰克说，
它的名字叫拿破仑，
卖肉人经常打它，
那只狗
一年前
死于饥饿。

此刻所有的孩子都感到悲哀，
为拿破仑。

这是捷克当代杰出诗人、免疫学专家米洛斯拉夫·赫鲁伯的诗篇《拿破仑》——让你一目了然，又觉得意味重重。一百个读者，可能读出一百零一个“拿破仑”，但你还是不能说，一说就错。单说它对我们的安慰，因为什么呢？因为孩子们的一派天真？因为幼小心灵的纯真善良？因为诚实的、健康的人格隐喻和道义的承担？

熟悉捷克民族苦难史的人，或许能够从中读出更多的意味和安慰。千百年来，除了短暂的几个历史时期，它的大部分历史，是失败、丧失自由和被外国统治者压迫的历史。近百年中，有一半左右的时间是在极权主义的支配下度过的，在残忍的纳粹暴政之后，是苏联坦克的占领，后又几经周折。在如此背景下，诗人何为？

本来，在我最初写作此文时，还抄录了赫鲁伯的著名诗篇《魔术师齐托》和《发明》。那同样是非常有趣、举重若轻却又充分呈现生存和生命真实的诗篇。或许是天意，在经过几次删改之后，当我再度打开电脑，它们已经不翼而飞，也好，免除了我对引文过剩的担心。事实上我不必再做文抄公了，几首诗，就已经回答了“诗人何为”的问题。在一个社会发生扭曲之后，尤其是在极权主义体制之下，诚实与不诚实之间的界限变得模糊了，甚至，童叟无欺这一道德底线消失了。是诗人以诗人的天职，通过对时代的命名和对生存、生命、生活的真实呈现，维护了人类的存在和人类精神，给我们以安慰，为我们指出一种更为广阔的责任。

透过诗人雕像、诗人墓，我看见捷克一代代诗人的坚韧的存在：从创作主旨上，贯穿其中的是根本的善和悲悯；从写作方式上，是朴素、简洁，有力、有趣。因而，他们的诗篇，是可以在死后当枕头的，或者说，他们自己就是自己的纪念碑，就是自己的雕像。在这些雕像旁，有特别在意倾听的人，诗人滋养了他们本是脆弱的心灵，让人性中潜藏着的根本的善得到生长，并有效地遏制了恶的滋生。我曾经动过一个念头：捷克诗歌精神与“布拉格精神”的关系是怎样的？为什么苏联人的坦克吓不倒捷克姑娘，她们反而要穿上超短裙在坦克前翩翩起舞？为什么本是一场天翻地覆的历史性变动，我们称其为“剧变”，在布拉格却成为给世人以柔软感觉的“天鹅绒革命”？念头归念头，没有研究，不敢妄加揣度。可以肯定的是，正如爱尔兰诗人希尼所言:“在某种意义上，诗歌的功效等于零——从来没有一首诗阻止过一辆坦克……但在另一种意义上，它又是无限的。”诗是内外两个世界中发生的事情，诗人雕像、诗人墓的意义，也是以至少双重暗示性的方式呈现着。

玻璃工厂

山城依瑞津，是捷克传统玻璃首饰加工区，山丘之间，树林之内，到处都是玻璃工厂，到处都是玻璃制品商店，规模都不大，却给人以百年老店的感觉。习惯上我们把那里的玻璃称作“波希米亚水晶”，其实就是玻璃，是含有氧化铅成分的玻璃制品。

到一家玻璃工厂的车间参观，师傅们正在吹制玻璃瓶。据说上好的玻璃制品，就是那么一口气一口气地吹出来的。听说我们是从中国来的，厂主赶紧跑回办公室，拿来一张图纸，说是他们接到了这个来自遥远中国的玻璃产品订单，看着怪怪的，不知是干什么用的。我看了看，原来是酒瓶子。看来这个订单，可能下错了地方，要是让那些大师一嘴一嘴吹出一模一样的酒瓶子来，也太奢侈了吧。

三千多年前，腓尼基商人偶然发现，灶上的硝石与海滩上的沙子混熔后就会出现一种清澈的液体，由此玻璃便来到了人间。大约两千年前，叙利亚的工匠发明了玻璃吹制术。很快，古罗马人也学会了，并在征战过程中把它传播到了整个西欧。用这种透明又脆弱的物质制成的装饰品、玻璃窗、瓶瓶罐罐和眼镜在西方世界受到了广泛的欢迎。

奇怪的是，古代东亚和印度等地区的人们尽管也很早就掌握了玻璃制造技术，却没有拿它当一回事。据说西欧人热衷于使用玻璃器皿跟普遍喝葡萄酒有关。而在中国，人们喝茶，用惯了陶器、瓷器。

玻璃为人们提供了显微镜、望远镜、气压计、温度计、真空瓶、曲颈甑等多种科学仪器，由此推动了人们对自然及物质世界的探求。它实实在在地开启了人们的眼睛和心灵，让人们看到了新的可能性，并使西方文明阐释世界的方法由听觉模式转为了视觉模式。英国学者举出二十个改变世界的著名实验来做例子——比如汤姆逊发现电子的实验、法拉第的电磁实验以及牛顿用棱镜分解阳光的实验——结果发现其中十五个都离不了玻璃。

难道正是因为玻璃生产在中国的萧条，才使得我们及周边地区错过了发生在欧洲那样的知识革命？

玻璃甚至直接影响到人类的思想观念。教堂里的彩绘玻璃窗影响了人们的信仰，而镜子则改变了人们认识自我的方式。天文望远镜则使我们对宇宙、对更深层的空间的理解发生了革命性的转变，进而完全扭转了我们的宇宙观。

玻璃镜子对于艺术中透视法的理解也是极其关键的。在各种玻璃仪器的帮助下，人们才对光学原理有了新的认识，而达·芬奇以及同时期其他巨匠也才在绘画上达到了更高的精度。

玻璃又一再让我想到欧阳江河那首著名的《玻璃工厂》，特此摘录几行：

从看见到看见，中间只有玻璃。
…………

我来了，我看见，我说出。
…………
所谓玻璃就是水在火焰中改变态度，
就是两种精神相遇，
两次毁灭进入同一永生。
水经过火焰变成玻璃，
变成零摄氏度以下的冷峻的燃烧，
…………

那么这就是我看到的玻璃——
依旧是石头，但已不再坚固。
依旧是火焰，但已不复温暖。
依旧是水，但既不柔软也不流逝。
…………

在同一工厂我看见三种玻璃：

物态的，装饰的，象征的。

…………

因为“我”的注视，因为“我”的言说，玻璃具有了“火焰的呼吸，火焰的心脏”。“所谓玻璃就是水在火焰中改变态度，／就是两种精神相遇，／两次毁灭进入同一永生。／水经过火焰变成玻璃，／变成零摄氏度以下的冷峻的燃烧”可感可触的日常事物被充满智性的语言擢升到形而上的领域，使玻璃不再是玻璃，变成了想象驰骋和思辨纵横的跳板。水的蒸腾和冷却，火的燃烧和熄灭，不复是单纯的物理变化，而是和精神有关的态度的改变。这样的诗句让我们顿悟，事物的性能其实有更深的特征和不被我们掌握的存在规律，有时甚至与它的表象迥然相异。

告别玻璃制品工厂是难的，离开专卖商店是更难的，没有“轻轻的我走了”“挥一挥衣袖”那么简单。如果不带走一件，似乎将终生遗憾。在商店里挑来挑去，富丽典雅的彩色玻璃，给人一种错乱的感觉，不知道该挑什么，只有为自己找到合适的理由，才能做出选择。我买了一个高二十厘米的小花瓶，底部深红，乍看似黑，忽然渐变为金红，上以金色收口，腰部以下饰以粉白花朵和黄色的叶子，据说需要反复进炉六次才能获得。

摄政王啤酒

我参观过国内一个山庄啤酒厂，生产线上，啤酒冒着泡儿你追我赶，没人觉得可惜，反倒觉得啤酒非酒，不过是加了啤酒花的水。

到了捷克不一样了。参观摄政王啤酒厂，第一件事是每人发一件棉大衣，一顶棉帽子，消了毒，下到地下酒窖，一个个变成了白眉老寿星。超低温，据说是给啤酒“去火”呢，差一点儿都不行。

到了摄政王啤酒厂的接待室，黄的，黑的，白的，每人面前摆着五大玻璃杯啤酒，老板介绍说，都在这儿了，五种口味，请品尝。一一品尝，妙！不大工夫，把五杯全部干了。老板见了那个高兴啊，说我是贵客，是有史以来一下子喝光它们五种啤酒的人。直到把我们送出酒厂大门，老板还拉着我的手不放。

先前我知道德国啤酒好，慕尼黑啤酒节是善饮者周知的酒界一大盛事，到了捷克才知道，德国的著名啤酒口味却是以捷克啤酒口味来定义的。人均消耗啤酒量占据世界第一位的也是捷克，这个只有不足一千万人口的国家，人均每天喝掉半升啤酒。毫不夸张地说，啤酒已经整体地融入了捷克人的血脉和文化。酒屋中唱的歌曲是啤酒，蓝领工人劳作之后，甚至劳作之中的最大享受，是啤酒和永恒的酒中谈资——足球、政治和女人。

中国最早的啤酒厂由俄国人在东北创建，此后，在东北接连出现三家啤酒厂，其中一家就是捷克人来做的。中国第一家民族资本啤酒厂——双合盛五星啤酒厂，是两个山东人出资和一个捷克人共同创办的。

如今各地的啤酒坊，大多说是根据“皮尔森”技术制造，新加坡虎牌啤酒，在广告中大肆宣传的也是“皮尔森技术”。这个所谓的“皮尔森技术”，就是捷克对人类的贡献。在啤酒透明度不高的年代，皮尔森酿造法使啤酒色味俱全，金黄通透。而皮尔森是捷克西南部的著名城市，“皮尔森”啤酒产地。“皮尔森”乃捷克最好的啤酒，更被升华成为淡金色啤酒的定义——苦后弥香，喝习惯了，便再也无法抗拒其魅力。由于与德语区难解难分的帝国历史，波希米亚和摩拉维亚每个城市一度都曾冠以德文名称，捷克最著名的啤酒产地“皮尔森”亦是，而风靡世界的美国“百威”啤酒，也是取自南波希米亚州首府捷克布杰约维采的德文名称“百威”。他们从 1876 年开始生产捷克的“百威”啤酒，柔和清淡。而捷克的“百威”啤酒厂可以追溯到 1265 年国王建镇之时，通过合资创建而成。美国“百威”风光国际市场，但由于商标权之争议，甚至连累其他美国啤酒，至今无法卖到捷克。

捷克有多少种啤酒，估计没人能说清楚，在我的印象里，每个城市，甚至很多小镇，都有自己的啤酒。一些啤酒馆本身就是一个小型酿酒厂，出售自己酿制的口味独特的啤酒，有点儿像我们遍及城乡的白酒厂和白酒作坊。在商店里顺手就能抄出十几个品牌，每个品牌还有几种不同口味，且价格极其便宜。奇怪的是捷克商店里并没有摄政王啤酒，一打听，被告知那是上好的品牌之一，全部出口了，还供不应求呢。

小 木 棚

出布拉格向波希米亚小高原行进，公路边有不少小木棚。

小小木棚，四根柱子，加上横梁，顶着一些木板，四面无遮无拦，看似非常简陋，倒也简洁。它们是干什么用的呢？捷克文化部的陪同人员说，是给行人避雨的。捷克并不大，全国总共只有千万人口，据说有近七百万辆小汽车，连干线公路上也用不着公共汽车。偶尔见着一位徒步的人，必定是在小木棚下，向路过的汽车招手搭车，遇上空车，而且顺路，就捎上，讲不讲价钱，我不知道，也忘了打听。

我独独被那小木棚强烈地吸引了，一路上只顾盯着它，想着它，到了对其他风景视而不见的程度。因为那小木棚，我想起了 20 世纪 80 年代初读到的一首诗，是写小茅棚的，是我心仪的诗人兄弟刘犁写的，令我深深地怀想，反反复复地默读：

还记得路边那个堆灰的茅棚吗？我的伙伴
还记得放学回家，我们在里边躲雨吗？

小小的茅棚庇护了我们，安慰过我们，温暖过我们

…………

我住过旅馆，也住过什么什么的招待所

…………

但我更不能忘怀的还是路边那个堆灰的茅棚

特别是当我在那异乡的途中奔波，突然遭遇暴雨的时候

我就格外地怀念它，像怀念我的一位知己，一位患难兄弟

像怀念我慈爱的祖母慈爱的外婆

这也许仅仅是因为它曾经在我们遭遇暴雨的时候庇护了我们

要是每条路边都有这样堆灰的茅棚该多好呢

它的柴扉是敞开着的，它不拒绝任何过路人

我的伙伴，还记得路边的这个堆灰的茅棚吗？

如果它垮了的话，你们可要把它修复呀

在我们还没有完全掌握风雨的主动权的时候

我们，以及和我们一样的过路人，就是大好晴天也总是担心着风雨的

况且暴风雨又总是躲在似乎是大好晴天的后头呢

我把这首诗，在默读多遍之后，默写下来，读给捷克的汉学家听，他们一副似懂非懂、不以为然的样子。他们不知道我是多么为我的诗人兄弟高兴，为他的悲悯和诗的发现高兴，更为捷克所有在路上的人高兴。

在我写这个短文时，为了查证我的记忆，找了一个晚上，终于又找到了刘犁的那首诗，就叫《茅棚》，内容与我的默读、默写稍有出入，但没有多大。

一个小茅棚，偶然出现在路边的小茅棚，安慰、温暖了一个中国诗人的一生和他的无数读者，很有可能还要温暖和安慰祖祖辈辈的读者；而无数个小木棚，每条路边都有的小木棚，却原来是人家司空见惯的东西，已经缺乏诗意。我不敢想象一个诗人突然让一个国家、让整个世界成为一首诗，我同样想象不到的是一个当代中国诗人优秀的诗篇在异国他乡、在就是大好的晴天也时刻担心着暴风雨的民族那里，在从不拒绝任何人的小木棚下，突然变得无法翻译，甚至失去了意义。

鲤鱼出版社

在捷克许多地方看见鱼图，在广告牌上、在明信片上，越看越像我们熟悉的鲤鱼。是不是鲤鱼呢？向当地人打听，回答说是。从中国引进的鲤鱼，已经成为捷克的水产标志。因为是从中国引进的，再看那些画面就显得亲，那是我在异国他乡见到的除了同胞之外最亲近的形象了。尽管我见到最多的不是鲤鱼图，而是中国生产的服装和鞋子——小摊上到处都有，只是卖货的大多是越南人，他们比我们更容易获得签证。

令人意想不到的是，在紧张的访问期间，仅仅因为鲤鱼，捷克方面特意安排我们这来自鲤鱼老家的代表团一行参观了一家鲤鱼出版社和一次鲤鱼捕捞。那是靠近奥地利的一个地方，早晨从布拉格出发，汽车奔跑了多半天。

鲤鱼出版社在一个小镇上，是一个实打实的夫妻店，夫为社长，妻为编辑。他们非常专业，只编辑出版与鲤鱼有关的书籍、明信片，也制作一些鲤鱼状的纪念品，还有鲤鱼拓片。小小出版社，楼上楼下两层，到处都是金黄的与鲤鱼有关的东西，在夕阳的余晖里闪闪发光，令人眼花缭乱。我说这恐怕是世界上唯一一家鲤鱼专业出版社了吧，夫妻俩笑笑，说也不一定。

晚上就住在鲤鱼出版社对面的一家酒店里，总共只有十来个房间，却有星级。社长找我们来聊天，让说说中国的鲤鱼，我就把我知道的统统搜罗一遍。我说鲤鱼在我们国家的名气不小，以黄河鲤最为出名，有鲤鱼跳龙门的故事；拿它画年画，让娃娃抱着骑着，暗示“年年有余”，图个吉利。我说中国在池塘放养鲤鱼有两千多年的历史了,战国时的范蠡写《养鱼经》就写到鲤鱼；汉武帝在都城长安西南挖了一个大坑，一边训练水军一边养鲤鱼;转眼到了唐代，因为唐朝皇帝姓李，与“鲤”同音，一度把鲤鱼奉为神，朝廷颁布了禁止食用鲤鱼的法律，捉到鲤鱼必须放生。我说因为鲤鱼对环境的适应能力强，生长快，而今已经成为产量最高而售价不高的鱼种之一；又因为鲤鱼有一种土腥气，人们并不特别喜欢它，是老百姓普通的食物之一。社长听了很惊诧，嘴张得老大，把我说的话一一记在本子上，并且一连让我说了三遍。兴之所至，忽然又想起《梦溪笔谈》中写到的鲤鱼之名的来历，我说，鲤鱼之所以称“鲤”，是因为其侧线上有三十六个鳞片，鳞片上有像十字的黑纹，十个三十六等于三百六十，暗合中国古代三百六十步等于一里的章程,故将“里”和“鱼”组合为“鲤”。说了半天,翻译过去，社长总是摇头。

第二天一大早，社长带我们去一个天然湖泊。当我们赶到的时候，已经开始收网，活蹦乱跳的鲜鱼，正在进入长长的分类木槽中。最先被挑选出来的是鲤鱼，而那些类似我们这里的鳗鱼、鳜鱼之类的鱼，被统统甩到了水槽的末端。那些鲤鱼，大的有两斤重，白白净净的，显得瘦长。社长认真挑选了两条个儿大的，说中午就用它招待我们。他还特意把鱼提到我面前问："在你们中国，鲤鱼能长这么大吗？"我说能，而且要大得多，大到百八十斤。"长这么大需要多长时间？"我摸着他手中的鱼回答说，自然水域的情况复杂，中国南北方的气温、水质差异很大。如果是在北京、石家庄附近的池塘里放养，有两年的时间就可以了。他大吃一惊，非要我把刚刚说过的话连说三遍，他说这可是科学呀，不能开玩笑。我说过三遍之后他才记录下来。一打听，原来两斤重的鲤鱼，在他们那里需要长五年时间，很不容易的。

中午我们吃了鲤鱼出版社社长安排的鲤鱼羹，不知是因为特别料理的缘故，还是捷克的水土关系，那儿的鲤鱼和咱这儿的鲤鱼好像不是一回事，我怎么使劲儿都没吃出那股土腥气。因此，我说出的那些被记录在案的关于鲤鱼的话，有些令我不安，生怕有违科学，生怕我的鲤鱼概念变成白纸黑字，给鲤鱼出版社抹黑，影响捷克人对鲤鱼的感情，还有鲤鱼的前途。

久　保

在布拉格以北的小镇宾赫夫，有一家以中国古代文化和艺术为主要收藏对象的“东方收藏博物馆”，乍看像是一个农家小院，因为院子内外的树木太粗太高，显得房子矮小。进去一看，却是一栋两层小楼，因为要做展厅，楼层设计本是很高的。

宁静的博物馆，好像只有一个女管理员，四十多岁了，领我们随便走走。没什么特别的典藏，基本上是一些司空见惯的东方服饰和生活用品。女管理员听说我们是从中国来的，她的眼睛亮了，说我们家院子里还有一棵中国的久保呢，久保，你知道吗？我说是桃子吗？她说是，用手比画着，说那桃子有多么多么大。从此她就不再讲解文物了，不分东南西北了，只说久保，兴高采烈、眉飞色舞。她说那是她的先生几年前从中国带回来的，北京的朋友送的，很小很小的一棵树苗，想不到栽下就活了，想不到才几年的光景就长大结桃子了，鲜红，个儿大，甜，谁都喜欢。说着，她又用手比画起来。我说久保的确是一个不错的桃子品种，在我们那儿很多，上市的时候，满街都是。她听了直摇头，以为我吹牛。

意想不到的是，从博物馆出来，她一定要让我们等她一会儿，她说要回家一趟，挖一棵新培育的久保树苗来请我们带走，栽种在中国的土地上，看在捷克生长过的久保，回到故乡还是不是久保。看她一本正经的样子，我们也一本正经地向她解释，我们来的时候，安检和动植物检疫太严了，无论如何是过不了那一关的。她听了非常失望，不停地耸着肩膀。从捷克归来，当我发现如果悄悄把树苗裹在行李中出进关并不特别困难时，我就为她那个美好的梦想后悔起来，直到如今还在想，要是真的带回一棵久保该多好，让它成长，看它还是久保或者不是久保。

因为“东方博物馆”女管理员对久保的热爱和好奇心，使我难以忘怀她和她的博物馆。博物馆是陈旧的，所谓文明社会的种种观念所带来的影响，一时难以改变我们意识的体验。而小小一棵树苗儿，大自然偶然的串联所带来的奇迹，开始修改我们的思想和感知，激发隐喻和惊奇，是否有可能给我们带来某种超越？

几个娃娃顺杆儿爬

记不清到底是在布拉格的什么方位了，反正是在伏尔塔瓦河的岸边，老远望去，见一个高高大大的电视塔，三根洁白的柱子，一高两低，高的一柱，顶端红白相间，若云若霞。

然而吸引了我的，是那每根柱子的中下部向上爬着的娃娃们。

是的，小娃娃，顺杆儿爬。

他们爬呀，爬呀，你追我赶的样子，好像刚刚放了学，玩儿得正在兴头儿上。

嘿，几个娃娃顺杆儿爬，真淘气，爬呀爬。

好孩子，下来吧，上面的风，太大啦。

好孩子，下来吧，爸爸在等你，妈妈在唤你，吃饭啦，回家吧，回家吧，吃饭啦。

及至走到塔前，一看，才知那淘气的娃娃，原来是一组雕塑，活灵活现。

本是可以一笑了之的东西，却吸引了我，也打动了我。一个堂而皇之的建筑，不要士兵把守也就罢了，让几个“娃娃”爬着玩儿，这里的娃娃们是多么快活多么有福呀！就连我这个老男人，都忍不住想顺杆儿爬，叨叨些童言稚语，高兴得要命。

好孩子，顺着那支柱，想爬你就爬吧。

下来是家园，上去是天堂。

城　　堡

城堡是布拉格的重要地标，也是全捷克的重要地标。在捷克，保存完好的各个时期的城堡至今还有五百多座，个个置身要津。

布拉格城堡的历史可以追溯到公元前 9 世纪。当时，波希米亚人在教徒拜神的地方兴土木，建要塞，成就了布拉格城堡山，即后来的皇宫所在地，俗称王室城堡。这是一个悖谬之地。它是中欧最大的城堡之一，长六百米，宽二百五十米，伴随着一系列失败，却在失败中成长。后来它是总统所在地。看看总统们的命运是怎样反映了他们统治的江山的命运吧：九个前任总统，有四个坐了三年以上的牢，第五个在牢里度过的时间短些；第六个死在狱中，后三个免遭牢狱之灾，仅仅是因为他们逃到了国外。

卡夫卡就是在这城堡中完成了著名的小说《城堡》。他的旧居叫黄金小巷，神秘，充满鬼魅的气息、忧郁的气息、怀疑的气息。置身其中，让人感觉孤独的灵魂随时都可能出现。有人说卡夫卡对一切生命的体验都蕴藏于城堡之中，他在城堡的困境之中体验出了属于全人类的困境。

在这城堡中，我的心中蓦地也有了一个城堡，那是抽象的虚无，那是具象的幻影，那是现实的存在。

在布拉格郊外还有一个著名的城堡，离市区三十公里，叫卡尔斯坦因城堡。建于14世纪，查理四世国王将它打造成了一个保存和守护王国圣物和皇族遗物的圣地。它的堡垒由巨大的峭壁之上的城墙庇护，固若金汤。皇室的黄金马车，至今在城堡中闪闪发光，只是它的轮子再也无法转动。

倒是一个小小的细节很有趣：我看见一个城堡的外侧，突出一块，像一个小小的阳台。那是干什么用的呢？见我久久盯着它，翻译马丁说，那是厕所。他说原来许多城堡的厕所是外挂的，就像一个小小阳台，人们把大小便排在城堡的外边。有敌人或仇人发现了这个突破口，就拿着长枪，在下面等着，单等谁大便的时候，刚刚蹲下，就一枪猛地扎上去，呼地喷出红黄两色。

钟　楼

在布拉格老城广场一角，有一个钟楼，是15世纪捷克钟表师的杰作，两个钟表盘能分别显示太阳时、月亮时、地球时，逢正点，表盘旁的小窗口自动打开，耶稣十二门徒的雕像一个接一个出现，然后金鸡啼鸣。

太阳时、月亮时、地球时，不慌不忙，一一闪现。

这个美妙复杂的自鸣钟，是当年的钟表师和钳工用锤子、锉刀等简单的工具建造的。

大钟落成八十年后，钟表师哈努斯成功地对它进行了改造，突出了大钟中央的综合表盘，表盘显示黄道十二星座围绕着日月转动，暗示着地球是宇宙的中心。但布拉格市政官员为了防止哈努斯帮助对手制作出相同的时钟，弄瞎了他的眼睛。

我看见时间的天梯，就顺在石头城的边上，我要到天上的街市去，身体却在下降。

紧紧闭上眼睛，看见逝去的烟云，但我看不见太阳和月亮，是谁反射了谁的光辉？

太阳时、月亮时、地球时，把别的东西全部带走了，把钟声留在我们体内，让我们在那一声鸡鸣中，看耶稣十二门徒一个接着一个远去的背影。

五百年时光就这么流逝了，多少人望着这钟楼兴叹。我默默地等，等那一声鸡鸣。我已经许久没有听到鸡鸣了，据说，它们来不及学会鸣叫，就被扭断了脖颈。

门　　牌

感谢翻译马丁提醒，让我注意到这一现象：布拉格城中每户门旁都挂着两个门牌，一个是蓝色的，另一个是红色的。

两个门牌上的数字看上去毫无联系，乍看给人以莫名其妙的感觉。

沿着伏尔塔瓦河向城堡方向走，每栋房屋红色门牌上的数字会越来越小。当两位数字以内的门牌频频出现时，就到了中世纪的古屋。

原来两个门牌有着截然不同的意义。

蓝色的那块，是世界上通行的用法，指的是房子在这条街道上的位置。而红色的那块，指的是它在历史上的位置。

布拉格这一古老的城市，最早的区域是雄踞在伏尔塔瓦河畔的城堡区。随着时间的不断推移，城市渐渐向外围扩展，规模越来越大，于是，市政当局就根据时间的先后挂上了这红色的门牌，给整座城市建筑按历史顺序排了个队。那座以“1”命名的，自然是老城堡。

你不得不佩服捷克人对传统的重视。

两个门牌，似乎给我以两个布拉格的感觉，一个是过去的，一个是当下的。但这绝不是两层皮的感觉，而是给人以过去真实、当下可信的感觉。偏偏不让我想到未来，未来已经来了，就在当下。

石头记

答 客 问

老早就请韩羽老先生题写了一个书名："石头记"，心想那有何难，玩了快半辈子石头了，随手就可以写一本与石头相关的书，可是写起来才发现——难。即便是燕赵都市报社让写一篇关于石头的小文章，也迟迟不敢动笔。及至某日有客人来看石头，一问一答，才有了这些话。

客: 老刘，看了你的收藏，我在感叹这一块块奇石的同时，也有问题忍不住要问。听说有的石头和您相守了二十几年了，或者说，您与石头相伴相知，快半辈子了。据我了解，有的人喜欢石头是天生的，有的人是因为后天的一些机缘，您属于哪种?

主： 我属于后一种。我开始收藏石头，是前辈带动的。据我所知，在当代河北诗人中，最早开始收藏观赏石的，是诗人、书法家旭宇，受他的影响，诗人放翁紧随其后。我是见了放翁从井陉河滩拣来的一块奇石，才开始有了和他一起去找石头的愿望。记得我头一次也是去井陉，放翁带领着诗人大解和我们两家的孩子，还在罗庄老支书张连锁家住了一夜。正是那一次，我家有了第一块藏石，但那不是我发现的，是我女儿发现的。我女儿远芳一眼就在河滩里发现了它，坐在上面不动了，她说那石头像一个坛子,上面有天然的装饰纹,和半坡陶罐差不多。

客：那时你女儿多大？

主：上小学了，已经知道半坡鱼纹陶了。直到现在，我女儿得到的这方石头还人见人爱。我之所以说我喜欢收藏石头是因为机缘，我女儿也是因为机缘，细想起来其实还是因为天生就喜欢，如果不是天生喜欢，打心眼儿里喜欢，再多的机会又有啥用。

客：您是说，说到底喜欢石头还是天生的？

主：是。原以为爱石头、收藏石头者寥寥，差矣。诗人放翁和我，在省文联、省作协宿舍那边有大解等二三同好，搬到小小的胜利小区后，很快又结识了昆仑兄和广民兄两位奇石收藏家，又见七号楼和八号楼还有几位老大姐，对石头也那么痴迷。三月十八和九月十八的石家庄奇石展，对她们来说简直就是节日，看她们抱着石头回家，那个乐呵劲儿啊，简直就像抱着自家的宝贝娃娃。见我请了好大一块石头回来，姐姐们欢天喜地，说是“飞龙在天”，一早一晚都来看看，担心放在楼下被贼人惦记，帮我找人连拉带拽弄到楼上。后来经石友们介绍来家里专门看过此石的已经不下百位，至今还没有不喜欢的，十有八九见了就来一嗓子：“嘿，龙！”说是马的也有，几乎都是孩子。

客：真让人意想不到。

主：更让我意想不到的是，我老家的亲人也在悄悄收藏石头。回家跟我堂弟久红偶然说到奇石，侄女刘远赶忙下了萝卜窖，托了两块石头上来，一为石灰岩，像三寸金莲;一为泥石，老石头了，上有先人刻下的歪歪斜斜的符号。到了我三姐翠芬家，楼上楼下两个大窗台，摆满了观赏石，其一如掌，外甥向征说那叫“一把手”。到了我大姑家，她老人家打开老锁头顶柜盖摸出两块，一块是她很多年前到大连旅游在海边捡来的彩卵，用红布包着，交给我，说是辟邪；另一块是大表姐家的小孙女在上学的路上碰上的,据说那天她突然被石头绊了个跟头，爬起来刚要冲石头发火，却发现它那么好看，赶紧藏在路边草丛中，放学后乐颠儿颠儿抱回家中。真好看，是个天然小石狮子，栩栩如生，我称其为“守望”，因为它出自我的老家燕山。

看，这方小小的雪浪石，让我格外珍视。我的师大同窗姚勇，听说我喜欢石头，上山下河，就格外留心。他在内丘扁鹊庙下边的河滩上遇见了它，眼睛为之一亮，专门跑了二百里给我送来。乍见，我直呼其“大浴女”，看，多形象啊。姚兄却说看着像我，已经命名为“诗人刘向东”。于是我也就跟着他看出“我”来,看出其中经久的爱和情缘。将画面发到朋友圈后，多数人说是“背影”，唯独诗人大解看法独特——他将其命名为“以马内利”。太好了，和圣经故事连在了一起，有神性了。

客：您收藏奇石快半辈子了，我大概数了数，光客厅里就有一百多块。您总共收藏了多少石头，有具体的数字吗？都有哪些种类？

主：收藏了多少石头呢，没数过，不断地进进出出，请回来又放弃的多。好像收藏的人都是这样，老鸦做窠似的。看我，东西一样一样拖进来，日积月累，家里像石头店一样。其实，百件不如一件，这样的真理，从踏上收藏之路那天起，就知道了。但是，每次去找石头，你无法确定你要的是哪一块，那是可遇不可求的。就像写东西的人，也常常想写得少一点儿，写好一点儿。道理是对的，但是，没有一个人在决定写一篇东西的时候，会认为自己将会写出一篇特别不好的作品。

至于石头的种类，有三十多个品种了，以咱们河北的雪浪石为主，因为有这个资源。平山、灵寿和邢台大峡谷、沙河都有。其他名石，像灵璧石、太湖石、昆石，也有。还有大化石、英石、风砺石、黄河石、长江石、三峡石、彩陶石、纹石、菊花石、梅花石、腊石、雨花石等。

客：您在收藏石头的过程当中，肯定有不少有趣的故事吧，能不能跟我们分享一下？

主：好石头一旦生成，就有了灵魂，有了故事。从收藏来说，几乎得到每一块石头也都是一个故事，说来话长。已经在那儿明摆着的故事跑不了啦，不说了，先说说得而复失的故事。有一次大解和我去平山滹沱河河东拣石头，一下河滩，大解就捡到一个画面石，那可是一位大人物，栩栩如生。我们小心翼翼地把石头和随身携带的背包、干粮放在一起，高高兴兴又结伴去寻找，并未走远，结果回头一看：背包在，干粮在，那石头却不翼而飞了，让我俩急得抓耳挠腮。还有一次，我们一大帮人到漳河去找石头，大清早，我在河边发现一块黑石上有一个洁白的观音像，活灵活现，灵光四射。因为急着出恭，来不及抱到车上，我就按我们玩石头人的规矩，在石头顶上压了三块小石头，走了几步到离它很近的地方方便，回来一看，眼前一黑，就再也找不到了。我找了整整一上午，连个影子也没有了。可以非常肯定的是，两次得而复失，石头周边都没有别人，很神秘。看来这样的石头是不属于我俩的，石头在那里等着它们要等的人，或者刚好路过那里，和我们擦肩而过。现在想来，那时我们也忒贪，找到好石头，还想找到更好的，得到一个还想得到第二个。一时偶得，因为贪，又失去了。后来就有了经验，或者说汲取了教训，见到好的就按住，不再撒手。

客：我听说收藏奇石者大多是被石头本身天然形成的图案或者形状所吸引，但是我不明白的是，您为什么还收藏了一些本身没有任何图案，看起来就是普普通通的那种石头，而且还不是一块两块。

主：图案石只是观赏石的一种，因为画面鲜明，跟象形石一样，看着像什么，比较直观，所以有许多人关注。石头或画面像什么，如果特别像，几乎到了“就是”的程度，当然难得，但是似像非像，如齐白石论画，在似与不似之间，不似之似，留有余地，会更耐看。在这方面我是有教训的，一度老是盯着某个石头像什么，看着看着，因为太像什么而不像石头了，违背了审美对象的真实。

有的石头看似普通，没有画面，其实并不普通，可能有很好的质地，比如璞玉，表面上就是普通的石头。有的是因为响声，敲一敲才知道不一般，可以成为石头编钟。在我收藏的看似普通的石头里，有的是因为我心中的意象正好与之呼应，有的就是因为浑然厚朴，看着舒坦，没有别的原因。喜欢，就和它交心。石头也是需要交心的。我有一块唐河彩石，圆咕隆咚的，可是谁见了谁说好。其实它也是象形石，像什么？像地球。

客：这需要一点儿想象力。

主：是。比如我们现在在哪儿？在家。家在哪儿？在河北，在石家庄。石家庄在哪儿？在地球上，在我们脚下。地球在哪儿？在空中，原来地球是空中的一颗星。只不过平时我们没想这么多。我有一块从滹沱河正定大桥下面得到的石头，光溜溜的，什么画面也没有，只是石头。但是在我眼里，它具有瓷的品质，最重要的是，它在历史性变动中久经考验，能让我体味生命和生存。那块石头在乱河滩里，石头碰石头，千年万年，居然没有受伤，完好无损，如果不是神的护佑，那就是它太会保护自己了，或者说太幸运了。都说万物有灵，我看这样的石头就有灵。所以我觉得这样的石头就特别有能量，用我们现在的话说，叫正能量，具有承载记忆和未来的生命气质。

客：通过您的收藏故事，我们是不是可以说发现和收藏石头、能够收藏到什么样的石头，跟经历、学识以及心态有紧密关联？

主：我们写诗的人都知道“工夫在诗外”，收藏石头也靠石外功夫。拣石头是发现的艺术，发现靠眼力，是一种能力，心里有，眼里才有，才能看见。我们常说“我看见了，我亲眼看见的”，其实看见和看见不一样，看见当然重要，怎样看见更重要，有的看见皮毛，有的入木三分。经历中有的，便于在石头上得到印证，或得到启发。有学识、见识的，思路就宽。面对同一块石头，有的想到一段历史，有的想起一个故事，有的想起一个人物，有的产生一种感觉，甚至错觉。有时我觉得看石头和读诗差不多，接受的特殊途径主要是误读、悟读和臆读，甚至是异读。误读是接受石头的基本方式，为接受打开大门。而悟读，即印象感悟，是接受中的直觉式领会。臆读带有揣测、猜想的性质，是误读的扩大化。异读呢，是误读的特例。您看这八百斤重的“飞龙在天”，十个人里边，七个人说是龙，一般都是大人；三个说是马，几乎都是孩子。这个结果对于收藏者来说非常重要，也就是说，它让我确信，“飞龙在天”是对的，它就是。马是天马，龙是天龙。马为龙种，八尺为龙。是龙也好，是马也好，妙在天成，都好，不可多得。

客：那心态呢？

主：当然心态也要紧，我想分开说。一是寻觅石头，要慢。拣石头的人差不多都有一种错觉，觉得好石头在前面，谁跑得快是谁的。有时下河滩，你追我赶，好像在比谁跑得快。有时发现曾经有人来找过石头，就以为好的都被抱走了，就垂头丧气。其实不然。会找石头的人，不怕在别人找过的地方走。每一个人的审美眼光是不同的，与石头的机缘也是不同的，属于你的那块石头，就是别人走过了千遍万遍，定然还是你的；反之，不属于你的，你想破了脑袋也是白瞎。你有过各种各样的幻想和期待，但你无法设计自己与一块怎样的石头相遇，哪个视角都是以牺牲无数其他视角为前提的。因此我常常围着石头转圈儿，全方位打量它，找角度，找瞬间的最有感觉的感觉。

客：王朝闻先生当年这样概括他与藏石之间的关系："石居人外，人在石中；相击相和，创造对方。"您怎么看？

主：收藏石头的人都是痴情的人，王先生就特别痴情。他还说过："人友石，石亦友人，人石相友，共成善缘。"先生是美学家，境界高，说出话来，富有禅意，也只能意会了。我看石头，看不了他老人家那么深入，他是见怪不怪，看门道；我是少见多怪，看热闹。不过有一点我们是相似的，我与石头，或者说石头与我，已经建立了某种依赖关系。

客：在您的收藏过程当中，品玩石头的过程当中，以及和石头相处的过程中，肯定会触发您对生活的感悟，概括起来说，您认为您的最大感悟是什么？

主：没有归纳过，猛一想挺多，比如你提到的王朝闻先生的话，那就是感悟。对我来说，细想就一条，就是我刚才说过的：不着急，慢下来。我们这个时代太快了，快得让人失魂落魄的。是石头让我学会慢下来，沉下来。慢下来，才能感觉我们拥有的，是多么丰足。收藏石头和收藏别的是一样的，要的是快乐，不是火烧火燎。我常常抚摸石头，抚摸它的宠辱不惊，它的优雅。日复一日的抚摸是有效的，在我们的气息传递中，即便我就是一顽石，也可以慢慢地被润泽。

客：这一条挺有意思，还有呢？

主：再说个小秘密吧。自打喜欢上石头，收藏石头，心里踏实了，几乎忘了什么叫岁月，仿佛自己永远都不会老，每天出门，安然回家，石头在等。守着石头看书，感受也不一样。原先只知《西游记》中的孙悟空，是从石头中蹦出来的，只知《红楼梦》中的贾宝玉原本就是一石头。再看，石头作为经典中的重要意象，是大地和自然的象征，也是生命的发端了。我觉得《红楼梦》里最动人的就是石头的故事，《石头记》这个名称比《红楼梦》好，《红楼梦》这个题名看着有点儿费劲，不像《石头记》那样自然朴素，尽得风流。

彩　　陶

既然这是我家收藏的头一块石头，那就先说这个。

我见过陕西西安半坡遗址的陶器，也见过青海柳湾彩陶，还藏有在我老家三仙洞出土的绳纹陶。陕西人说他们的陶器距今已有六千多年啦，青海人不服，说他们的彩陶距今少说也有七千多年了。那么这彩陶石呢，谁知道有多少年了？

陶器都是手制，主要用泥条盘筑法，小型器物则直接用手捏制，有少部分可见有使用慢轮加工的痕迹。陶器以彩陶最具特色，纹饰单纯，动物形象较多，以鱼纹最普遍，几何形纹也较常见，以直线、折线和波浪线等几种基本线形组成，具有纯朴和稚拙的情趣。那么这石头，又是谁的手制，纹饰是谁画上去的？这是上帝的作品。将它与所有陶器联系起来，有如下感慨：

钻木之火
泥土和水
栩栩如生的鱼纹和花纹

围绕独一无二的指纹

一腔清泉烈酒
或怀抱饱满诚实的种子
永远也不曾空空如也
至少居住一个灵魂

火里重生的骨肉
脆弱而又刚强
万岁，万岁，万万岁
岁岁平安
以一摔即碎之身

石头具有相对意义上的艺术性。我女儿意外发现了它，是观赏主体的发现，也是因为它确实具有彩陶的某些特征，并与她的兴趣相适应。

雕　　像

那年放翁带着我去北京潘家园看石头，归来的路上他说，有一块石头，你要是见了没准儿喜欢。我问，像什么？他说像是女人的大屁股。那时我看石头，先看像不像。

过了三个多月，我们去北京开会，忽然想起那块石头来。找到摊位一看，放翁说没了，很扫兴。店主问我们想要什么样的石头。我们说想要的那块不在了。“哪块？”听放翁描述了一番，店主笑笑说：“在，因为没人要，收起来了。”于是从石头架子底下将它翻找出来，要价四百。我打量一番，喜出望外，不是大屁股，是一尊雕像。还价，三百成交。

西方有这样的说法：当一个雕塑家把石头雕成一尊塑像的时候，他其实所做的，是把那个原本就在石头中禁锢着的人，解救出来。这个说法赋予石头几分神力。

店主把石头打好包。我搬到门外就迫不及待地打开了，想看看到底是谁的雕像。正赶上大雨倾盆，老外们纷纷围拢过来，冲着它竖起拇指，国人却对它无动于衷。

有时我觉着这不是人物雕像，而是狐狸雕像，是狐狸精。

如果从侧面看，它确实像一个扭动的大屁股。它的神态的不确定性，是它的缺点也是优点。它不确定的神态，反而彰显了自然艺术的价值，具有不依附于任何雕塑的独立性。

拿它当雕像来看，我看重的是它的结构方式，仿佛用三块石头摞起来的，又分明是个整体。脑袋、身子、腿脚，不成比例却看着协调，尤其是它的身子，斜插下来，竟然稳稳当当。

贾平凹曾经感慨说，那些美术学院搞雕塑的人，为什么整日画那些石膏，临摹那些西方人的东西，而不到山川河流去欣赏奇石呢？奇石中的许多造型，已经是完整的作品。他说他发这种感慨时，却又想大艺术家必然会在行当之外下功夫。

老 寿 星

个人的生命与石头相比，哪怕是最小的石头都可以称为寿星。

何况这石头上真的有一位老寿星。

起初并未看出寿星来。它在平山河滩的乱石堆里，只露出很小一部分，大解我俩之所以要把它挖出来，是看好它的红色花纹——带白色花纹的雪浪石多，带红色花纹的少。

把它搬到楼上，靠墙稳住，就不再管它。忽然有一天我关了灯，一回头，蓦然发现处于微光中的老寿星，一副安详而庄重的神态，包括他的服饰，都令我惊讶。

事实证明，有些当时不经意间搬来的石头，随着时光的推移，由于偶然的发现，倒真的有了些不可言传的意味——道不尽、说不清的意味。

吉祥的老寿星啊，永远不再老的老寿星。

爱石者寿。从“吾犹小石”的庄子到现代藏石家沈钧儒，爱石者大都长寿。可任何人的生命也长不过一块石头。因此解释人寿，除身体生命之外，就不得不考虑精神生命。如曹雪芹爱石深切，将其毕生心血凝成的巨作命名为《石头记》，让《石头记》流芳百世，超越其不足五十年的人寿大限。

相对于人类，石头是持久的，却也不敢深想这石头的归宿。

寻觅石头

雨后的石滩，鹅卵石被天光和雨水洗亮，形态陡然可爱，花纹美得出奇。

晴天，随身带一把喷壶，把水喷在看好的石头上，看水滋润散开。离水很久的石头仿佛忽然唤起了在河中或雨水中的记忆，被滋润的记忆。

开始玩石头的时候，看着哪个都是好的，拣起一个，再拣起一个，很快又发现了另一个，这样的唾手可得、应接不暇，激起我们对美的获取的贪欲，抱着它、背着它、扛着它，把这些死沉死沉的石头堆积在一处，然后继续前行，直到发觉石头的真正重量，还不肯停下来。

虽然懂得不能给石头挑毛病，也不能向石头提任何问题。石头多了，也只好丢弃。捡起来又丢弃，丢弃了又捡起来，目不暇接的审美和判断，并未使我们心灵疲惫。

与每一块石头的相遇都是偶然。也许，这世上美的获得，永远应该是偶然。

而石头信奉的是一条万古不变宠辱不惊的恒世法则。在那些冷漠人眼里，这些石头散落在荒郊野外、山间河套，甚至路边，了无生趣，并且绊脚。更不知这些沉睡的石头，是在等。

这让我相信，每一块石头都是上帝的神物，它在万物的造化中，不仅只是完成了自己，还用近乎绝望的千万年的等待，让一双眼睛蓦然放出光来。有许多次，茫然的寻觅中好石头赫然出现在眼前，是的，就是它了！它就是了！我看见了它，它也看见了我。在这个时候，是我在挑选石头，还是石头在挑选我？而面对那些动辄千斤万斤的奇石，我毫无力量，只好面对着它发呆，这时用眼睛收藏成了最大的收藏。

我承认自己是一个贪婪的人。有那么多奇形怪状的石头出现，大自然要告诉我们什么呢？是让我们回应历史，还是给我们以新的启示？

我多想把它们都带走，可是我能够带走的，是用双手可以搬动的，还不得不考虑车子的载重量。

有时候，选择太多，就没了选择。时间和路途是有限的，你能够带走的，也总是有限的。

在巨大的河滩行走，两岸山形步步后移，一川石头在动。

张望着，望到水穷处，望到云起时，望得见的目标，可能并不是用来抵达的，它只是一个方向。有时就绝望，唉，我们一生的行走，也赶不到一块石头的前方。

又想，永远有一块石头是看不见的，激发你去想象那石头该是多么好的石头。

石　头　人

我并不偏爱外形拟人拟物的石头，倒是宁愿它外形什么都不像，甚至也不要规则或对称。石头里面的图案或花纹无须像美术作品一样追求形似，自然、随意就好。酷似某某的奇石当然很难得，但似像非像的、留有想象余地的石头才是耐看的。此石便是留有余地的人物。说来这是我家真正的“藏石”了，藏在沙发的后面。孩子说见了害怕。怕什么呢，怕石头人，可能是和石像生联系在一起了。也有人说，这像个汉代史官，不知是在迎接上司，还是在听上司训话，恭敬而又谦卑。

铁凝大姐还在河北作协的时候，听说我喜欢石头，曾经两次跟我说，去看看毗卢寺里的石头人吧，去看看那两个石头人吧。

毗卢寺位于石家庄市新华区上京村东，距市中心约十公里。它建于公元742年，佛殿内以保存有明代精美绝伦的壁画而驰名中外。但说到更具有文物价值的两个石头人，人们却知之甚少。

那两个石头人，现在摆放在毗卢寺的一个后殿里。他们高约两米，各一吨多重，裸体，跪姿，一男，一女。两人分别把手放在胸前，睁大眼睛，略张着嘴巴，神态显得稚拙而虔诚。

据守寺老人吴师傅介绍，两个石头人，来自距寺不远的小安舍村，原在一户农家院子里，后来这家院子翻盖房子，把他们送到了寺里。1992 年，全国各地数十位文物局局长，会聚毗卢寺考证明代壁画。大家从破殿前老槐树下经过，偶然瞥见了两个石头人。“这一下发现珍宝了！”吴师傅说，“毗卢寺原属省级文物保护单位，自打发现这两个石头人后，一跃成为全国重点文物保护单位啦！”

关于石头人的价值，有文物专家说，雕刻技法粗犷、简略，风格与西安汉代霍去病墓前石雕类似，推断其可能是南越王赵佗先人墓前随葬品，距今约两千三百年。但有不同见解——前来参观的日本、美国文物专家说，石头人的年代，少说还要上推两千年。理由是：汉代文明已十分发达，人们十分讲究服饰打扮，就连秦朝兵马俑，都个个衣帽整齐，可石头人却是裸体雕刻，这在汉代其他人物石雕中未曾见过；二是人物相貌不似汉人——弯眉毛、大眼睛、深眼窝，其造型与埃及金字塔下的石头人颇类似。埃及石头人已有五千多年历史。另外与太平洋复活岛上的石头人，也有诸多类似之处。他们说，中国是文明古国，发现上古作品也是极有可能的。

看了毗卢寺里的两个石头人，再看我这个，老了不少，瘦了许多。

有趣的发现

张悦然曾将中国古典小说与西方小说比对，得到一些有趣的发现。以石头为例，在中国古典小说中，石头是个重要的意象。《西游记》中的孙悟空，是从石头中蹦出来的；《红楼梦》中的贾宝玉，原本就是一块灵石。石头，作为大地和自然的象征，可以成为生命的开端，同时，那些承载了石头灵性的生命演绎的是一番传奇的故事。而在西方却是截然相反的。在《圣经》里，罗得的妻子因为好奇，又或许是贪恋，回头看了一眼变成废墟的索多玛城，于是变成了一块石头。这里的石头，坚硬而冷酷，它是一个惩罚的结果，是生命的终结。《圣经》里再也没有提及这块石头后来怎么样了，它就算是信了上帝，恐怕也于事无补了。

西方有雕塑的传统。他们把石头雕成神的形象，摆放在教堂或者宫殿里。关于雕塑，西方有这样的说法：当一个雕塑家把石头雕成一尊塑像的时候，他其实所做的，是把那个原本就在石头中禁锢着的人解救出来。可是在中国，石头被天然地置于园林和庭院中，人们不需要通过雕琢成人形，就可以看到石头的生命。可见，中国人的想象力，从来不会受限于轮廓和边界。

还有一个关于石头的故事，在中国和西方有着极其相似的版本。那就是愚公移山和西西弗斯推石头上山。两者看似相似，其实却大不相同。愚公移山，山石都有灵性，万物受天神的支配，他这种看似无意义的反复劳动，最终打动了天神，天神遂帮他移走了山。所以在“愚公移山”这个成语中，“移”字用得非常精妙，它有一种神奇意味，因为愚公真正要移动的，并不是山，而是天神的意志。但生在西方，与愚公有同样遭遇的西西弗斯，却没有那么好的运气。他推石头上山，原本就是作为一种惩罚，诸神又是绝顶冷酷，不可能转变心意——改变自己已经做出的裁决。

所以同样在运石头，西西弗斯是绝望的，愚公却充满了希望。这种希望，正是一种中国式的神奇，它赋予了万物灵性，也让世界变得柔韧、通达，没有真正的绝境。在没有绝境的世界里，我们可以在一切事物上寻找可能性。所有的可能性，都可以成为我们运用想象力试图抵达的地方。但可能性之无穷，又是我们运用全部想象力，都无法企及的。

花 布 石

“石是黑石，花是白花；石在朴素中见绚丽，花在无序中求均匀。”这是贾平凹在《小石头记》中对牡丹石的描述。

我想，此石产自河南洛阳。洛阳牡丹名声在外，既出牡丹花，又出牡丹石，可谓绝配。

老贾叫它花布石，另有故事。

那是1995年秋，有河南人运往西安一批这样的石头，某石友幸得其一，形如巨大馒头，满满当当盛于一浅底窄沿大白瓷盘，放置于厅中几案上。家有客来，先一日是位教授，问：“这顶毡帽在哪儿买的？”三日后，一老太太来，说：“你家还有印花土布啊！”伸手去抓布，抓不起，才知道错了，锐声尖叫世上竟然还有这种石头。入冬，一日老贾同石友乘车进城，石友忽叫：“石头！”看时，车窗外一女人身穿印花布大棉袄行走，缩着头，鼓鼓臃臃的，猛想起他家此石，不觉哑然失笑：人穿印花布，石也穿印花布，或许，主人不在，这石头就悄悄进城逛街了？

我见过千百块这类石头，机体为墨绿色，岩晶呈花朵状，可惜都被打磨得精光，唯此原石，岩脉尚在，难能可贵。

经过放翁辨别，却原来此石不是牡丹石，而是菊花石。

将错就错吧。

胖　　子

快入冬了，大解忽然想起曾在平山合河口见过的一块石头，日思夜想，越想越好，想再去看看，于是结伴而行。起得早，大雾弥漫，缓缓而行。上到岗南水库护坡，天大亮，发生了惊险一幕。有车忽然从坝上斜坡逆行而下，我猛打方向盘，也去逆行，免遭一劫。大解算了算说，生死在半秒之间。

见了大解日思夜想的石头，确实不错——沉积岩，在直接可见的出色外形以外，因沉积方向不同而显示出不同的时间过程；只是太大，便想取其局部。于是去找石匠。打听了几个村庄，好不容易在合河口上边的槐树沟里找到一位——因为妻子待产，在家守护。商量再三，给石匠家里留下电话，石匠答应帮助我们。三锤子下去，好石头变成了坏石头。已是正午，在岸边小饭馆里请石匠吃了饭，硬塞给他一百块钱，让他给媳妇买鸡蛋、红糖。

打道回府，下行三百米，忽见一悬崖之下，有篮球场大小一片石头，停车一试。下到河滩，我一把就摁住它了，好个“胖子”，其中有像！向上张望，原来悬崖上有一小小拦水坝，悬崖侧开一洞，当年水带泥沙从洞中喷出，正好打在这石头上，水成其身。难得的是它的满身花纹，更难得的是它还头顶明月一轮。

到柏枝会村请梁计平、梁二平兄弟来抬石头，计平“妈呀”一声跪在地上，太沉了，劝说算了吧，二平说一定要抬上公路，这么好的石头，就是不玩石头的人见了，也要抬回家啊！

把此石抬上车，得陇望蜀，又去转悠，下行五十米，得“飞龙在天”。

那时大解家嫂子肝有不适，在家等着，归来先请她看。把后备厢打开，她一看就乐了：“嘿，大胖子！”她说她已经三个多月没笑过了，这一笑，身体好了许多。

有人说这是一个动物，为此我查过一些资料。倒是与图片上的海豹有几分像，可惜我从未近距离观察过海豹。

先入为主，还是叫它“胖子”吧。

值得回味的是，得“飞龙在天”和此石的前天夜里，曾有梦。梦见我开着大卡车，直接开到奇石窝里，一个劲儿往车上装，那么大的石头，竟然一点儿不沉。装着装着，忽然觉得蹊跷，在茫然四顾中醒来。

农耕时代

一块三峡石，与《天涯海角鹿回头》一起买的。看了这石头画面，我首先想到草原。大解眼毒，看了看说："哎呀，农耕时代！"

此石布势大气，近处是河流，对岸是大地，大地上有人群和牲畜，生机勃勃。《诗选刊》编辑部美编高彦君看了看说，像是哪位画家画的，一时又想不出究竟是哪一位。

有哪位画家能画出来呢？照着临摹一幅就是杰作。

它首先让我想到草原，是因为我曾经虚构过我的草原，是这样的：

春来草色一万里
万里之外有我的草原
草木一秋，听天由命

要有一株苜蓿

要有一只蜜蜂
有蜂嘤的神圣与宁静
没有阴影

要有一双更大的翅膀
为风而生
要有一个小小的精灵
直指虞美人的花心

要有一匹小马，雪白
或者火红。让它吃奶
一仰脖儿就学会了吃草
草儿青青。而草

一棵都不能少
哪怕少一棵断肠草
天地也将失去平衡

天涯海角鹿回头

有一篇外国小说，写的是一对夫妻，约了一位朋友到山间狩猎，一路上丈夫开车哼着小曲儿。突然，小曲儿戛然而止，因为他在反光镜中瞥见后座上妻子的手和朋友的手悄悄地握在了一起。丈夫很愤怒又不便发作，恨不得出车祸同归于尽。好不容易到了目的地，丈夫一声不吭骑马独自去狩猎，发疯般地纵马狂奔,满心都是对妻子和朋友的痛恨。突然他发现一头鹿，觉得那就是让他发泄的对象，便狠追，并一再举枪瞄准。不知道追了多远，跑了多久，直到暮色苍茫，那头鹿突然间回过头来，他非常惊讶，抬头一看，这儿是山地的尽头，前面是深不可测的悬崖。鹿的目光，清澈而美丽，无奈而凄凉。他木然地放下猎枪，颓然回头，早已认不得归去的路了，只能让马驮着一步步往前走。不知走了多久，忽然隐隐听到远处一个女人呼喊自己名字的声音，走近前去，在朦胧月光下，妻子脸色苍白，她的目光，清澈而美丽，无奈而凄凉。

这小说在写法上最让人注目的是心理动态和奔驰动态的

融合，但对我来说，挥之不去的是那头鹿，那面临绝境时猛然回首的眼神。

这种眼神对全人类都具有震撼力，一个重要证据是中国居然也有一个相似的民间故事。在海南岛，一个年轻的猎手也在追赶一头鹿，这头鹿不断向南奔逃，最后同样在山崖边突然停住，前面是一望无际的大海，它回过头来面对猎手，双眼闪耀出渴求生命的光彩。猎手被这种光彩镇住，刹那间两相沟通，这头鹿变成一位少女，并与他成婚。这个故事的结尾显然落入了俗套，但落入俗套之前的那个眼神，仍然十分动人。

两个故事的成立有一个根本的前提，那就是必须发生在前面山穷水尽已经完全无路可走的地方。如果还有路，那回首的目光就成了一种半途而废的求和，味道不大对了。只有在天涯海角、绝壁死谷，生命被逼到了最后的边界，一切才变得深刻。

进入这种境地，可能是被人追逼的，也可能是不小心自己闯入的，也可能是有意去寻找的；一旦进入，可能仓皇逃离，可能不再回返，可能由兽变人，可能由人变兽，可能焕发哲思，可能逆转情感，可能蔑视寻常，也可能渴求寻常，总之，全都升腾得不同一般。上面所说的两个故事都是以恋情为构架的，如果把这种构架拆除，天涯海角、绝壁死谷可能会产生一种更加恢宏的深刻。

诗人吉狄马加就拥有这样的深刻，有他的两首诗为证。其一，《天涯海角》。

天涯海角

刚刚离开了繁忙的码头
又来到一个陌生的车站
一生中我们就这样追寻着时间
或许是因为旅途被无数次的重复
其实人类从来就没有一个所谓的终点
可以告诉你，我是一个游牧民族的儿子
我相信爱情和死亡是一种方式
而这一切都只会发生在途中

其二，《鹿回头》。

鹿 回 头

这是一个启示
对于这个世界，对于所有的种族
这是一个美丽的故事
但愿这个故事，发生在非洲，发生在波黑，发生在车臣
但愿这个故事，发生在以色列，发生在巴勒斯坦，发生在任何一个有着阴谋和屠杀的地方
但愿人类不要在最绝望的时候

才出现生命和爱情的奇迹

卖石头的人把它从三峡运到石家庄，说画面多美啊，是一棵松树。

黄河丽人

这是一块典型的黄河石。黄河石我有过几块，登堂入室者就剩这块和“小佛爷”，怎么看都美，比画家画得美。谁敢这么画？几笔就勾出了眉眼，不画鼻子，比画上高鼻梁还俏。

洛阳市黄河小浪底附近有一个下孤灯村，全村人几乎都以寻石卖石为生，且大都发了家致了富，改村名为奇石山庄，远近闻名。1998 年 4 月牡丹花会期间，洛阳市举办了首届国际奇石博览会，盛况空前。在奇石山庄和奇石博览会上，我见到许多奇石，有月牙儿怀抱一轮红日者，有佛光环绕观音者，还有汉字组成的词句，其中蕴含着多少令人参解不透却又不能割舍的玄机啊，可惜都是天价，请不动。在博览会会场外面，遇一老汉，从布袋里掏出此石，要价一百。我没敢还价，做贼似的抱了就走，生怕被别人看见。

奇石山庄和奇石博览会也没白看，得一首《黄河石》。

黄 河 石

趁着大河拐大弯儿
石头负图上岸
但见小佛爷双手合十
月牙儿怀抱一轮红日

多少纹路一笔一画
多少团圆月落日出
一笔一画瞬间变成汉字
可以横排，可以竖排
有繁体，也有简体
而怀抱红日的月牙儿
是老天爷最新最美的构图

下孤灯的村民
把石头一块一块搬进家门
孤灯下寻找史记和铭文
等待石破天惊的收入

脸谱

看过几出戏，大体知道什么是“脸谱”，于是在寻觅石头的时候，就有非分之想。看石头上的娃娃脸看多了，又多了个念头：要是有个脸谱就好了。

有时梦想就是理想，还真有心想事成的时候。这不，又去罗川寻觅石头，眼看着伙伴们跑远了，追不上了，我就在停车的周围转悠。见一沙子堆，不由自主地就溜达过去。我曾经在漳河岸边的沙子堆旁得到过一块好石头“苹果树”，那是挖沙子的老乡挖出来的，或是筛沙子的筛出来的，看着与一般石头不同,欣赏一番,顺手丢在沙子堆旁,没有扔到乱石堆上。果然，这堆沙子旁也有一块石头，被沙子埋住半边，老远一看，是半个脸谱，心想，半个也不错了，犹抱琵琶半遮面嘛，喜欢得舍不得动它，守了两支烟工夫。待轻轻拂去沙尘，一个完整的脸谱出现时，我惊呆了。

一眼便知这是脸谱，到底是谁的脸谱呢？我上网查了脸谱图片大全，看着哪个脸谱都像它，又看着哪个都不像。放翁说是“铜锤花脸”，是窦尔敦。窦尔敦，放翁老家沧州献县人，在我老家承德兴隆一带活动过，那好，就窦尔敦了。

除了上网，还专门买过几本与脸谱有关的书，才知道脸谱之作用，在于区别舞台上各色人物之性质，而脸谱一事，于史上关系密切。古代战斗，多用假面。相传兰陵王恭性胆勇，而貌妇人，自嫌不足以威敌，乃刻假面，临阵着之，因以为戏。又知脸谱有“五性”，即说明性、象征性、评议性、性格性、象形性,是从创造汉字的“六书”中吸取而来。形成汉字的“六书”，是象形、指事、会意、形声、转注、假借，脸谱艺术的五性，虽不与“六书”意义吻合，而指导思想却是一致的。

赏　石

爱石者并不以“雅”为目的。石性质朴、天然、自然，本无所谓文人之雅，更非装点门面的饰物，谁若以玩石为雅而自诩，真是小看了石头，也小看了自己。

其实石头就是石头，是顽石，也是丑石，不过妙在天成各有所长难名奇妙，从中可以审出美来，亦可感受生命和生存。

我守着满屋子石头，从来没见过石头笑，没见过哪一块石头乐不可支；也没见过石头哭，没有悲痛欲绝。它们安生，内里和外形都不活跃。

但它们活着，有定力。

但它们温润，有活力。

活着和定力是什么？其实这个东西是空的，是你的那口气在不在。

温润和活力是什么？这个东西其实也是空的，是你的体温在不在。

古人在漫长无光的夜里思索“不死”，他们不约而同地想到了石头，深信“不死”，一定深藏在不死的石头之中，并可以从石头中取出来，于是进深山，翻动石块，燃起各色烟火，汲取不同石头的精华。

最终古人还是死了，因为死得太久，他们不能还嘴。但是，有文字留下来，他们说“借外物以自坚固”。写过这个理想之后，他们没能坚固、长久过石头。

于是美国诗人罗宾逊·杰弗斯写下这样的诗句：

纵有一天
人类绝迹
无虑的地球毁灭
无畏的太阳也失去光明
化为漆黑的一团
顽石
还将耸立千年
在古老诗歌残留下的
宁静与甜蜜中
痛苦挣扎、辗转

这个世界，人们总误以为自己是在创世纪。可是在石头看来，密集的人群形同一块石头下的蝼蚁。这是有趣的角度——说是石头的角度，其实还是人的角度。以这个角度观照宇宙，就有了人性化的解释。尽管我们也常常忘记这些解释，忘记自己，忘记自己与石头与世界的关系。

鸣呼！自古至今，人一代一代流散了，石头还在。人与石头，是暂时与永恒的对照。

再往下想，就悲观了，除了不死是不死的，石头焉能例外。

天　马

拾得此石，宝贝一样抱着，石友看了看说，此乃天马，可惜画面有些乱，我赶紧纠正说，不是乱，是动势。

也是抽象之马、意象之马，被画家老甲称之为“心之画”的马，让我想起童年的门槛，胯下的秫秸，想象中的白云……

我想到一匹白马。那匹白马死了，死在了前进的路途上，尸身完好，在阳光下散发着最后的余热。到底碰到了怎样沉重的事情，使它的躯体承受不了、快捷有力的四蹄逃脱不了？“随着一声凄厉的长啸，一匹小小的白色马驹疾奔而来，径直扑向那匹再也不会响应它的白马，拿脑袋、拿嘴巴，急切地撞着，撞着马腹下干瘪的乳头，令人揪心地呜咽着……”最后，那匹小小的白色马驹永远地倒在了白马的身边，而它的灵魂飞腾起来。

我想到在无风的七月或八月，在火的领地，马的汗水流尽了，泪水也流尽了……不！马或许是从来不流泪的，只流汗和胆汁。它的眼前可以没有河流，没有草原，它永远向前奔跑着，在它脱尽了血肉之后，骨头开始奔跑……

我想起有一位名叫韩三的人讲过一个马的故事：一次他赶着马车去沙门子，给一个亲戚送麦种子。半路上马陷进泥潭，死活拉不出来，他只好回去找人借牲口帮忙。可是，等他带着人马赶来时，马已经把车拉出来走了，走得没影了。他追到沙门子，那里的人说晌午看见一辆马车拉着几麻袋东西，穿过村子向西去了。又朝西追了几十公里，到另一个村子，村里人说半下午时看见一辆马车绕过村子向北边去了。

总有一些马跑着跑着离开道路，奔雷逐电驭风云。

蛙

同日得两方有“天下第一石”美誉的灵璧石，形象类，一为“鹰”，另一个是这“蛙”。“鹰”被友人微醺之后扛去，临走告诉我，“鹰”是大品，“蛙”为人工。我也看着它哪儿不对劲，却不知有怎样的手脚，从此将其打入冷宫。及至《石头记》杀青，夜深人静，窗外一片蛙鸣，才又想起它来。再看，虽然仍然不太对劲，终究也还是灵璧石，是“蛙”。

青海柳湾彩陶博物馆里，有一个个带着蛙图的彩陶。对先人为啥热衷画蛙有各种猜测，直觉告诉我，那是小蝌蚪的妈妈，在大河的上游。

我看此“蛙”，并非青蛙，而是我老家的蛤蟆。

原来我以为，蛤蟆不是稀奇动物，和田鸡一样多，但不被保护，很多人都吃过。及至写此小文，翻遍手头所有辞书，却未找到我要找的“这一个”。《简明不列颠百科全书》上有“蛤蟆”二字，指的是青蛙和蟾蜍，非此即彼。如此说来，我说的蛤蟆，属蛙之一种，却又特别。论长相，它类似教科书中南美洲森林里的箭毒蛙和澳大利亚的蓄水青蛙，个头儿比我们常见的青蛙和蟾蜍小得多，黑色，表面光滑，无疣。在燕山，过去这种蛤蟆很多，家家食之，而今越来越少了，除了自然环境因素，一个重要的原因，就是人人知其珍贵，消费过度了。

老家承德那方水土，文化上有一些特别的地方，比如管蛤蟆叫蛤蟆，管青蛙叫青蛙，管蟾蜍叫老蚧，是绝不混淆的；并且，在青蛙成为保护动物之前，人们也不食用它，只吃蛤蟆。

蛤蟆属于无尾目两栖动物，生活在陆地与小河之间。大多数时间，它生活在水中，如乱石乱草中，捕食小虾小虫，洪水将至，上山，改为食草。像果木一样，蛤蟆也有大小年，大年数量高。

逮蛤蟆是一乐事，当冰消河开，河边尚有残冰的那些天，岸上到处都是火把，曰“照蛤蟆”。照，是针对蛤蟆习性，一见光亮，它就那么蹲着，一动不动，一抓一个准儿，赶上交配着的，一抓一对儿。如果有大骨头，傍晚丢在河边，深夜去照，那骨头已被蛤蟆一层一层抱住，黑压压的，多时一团就有半水桶。

逮了蛤蟆，要烫，烫了才鲜。把水烧开，把那蛤蟆们猛地倒进水里，显得比活着时肥大许多。烫好了，要煎，最好用肥肉蹭锅，油多了反而不好。煎至水分少了再晾晒，可以保存很长时间。

炖蛤蟆，最好佐以黄豆，用砂锅，文火，直到炖酥，入口便化，奇香。炖蛤蟆，不光解馋，还可治病，尤对风湿性关节炎有特殊疗效。新近几年，有外国人到燕山收购蛤蟆油制药，价可等金，令蛤蟆身价倍增，成了新的稀有动物。

我家乡流传着一个喝蛤蟆汤的故事，有滋有味。说是某人去逮蛤蟆，只逮住一只，连夜做成蛤蟆汤，一家人开喝，全说鲜美。完了洗碗，主妇用灯一照，那蛤蟆却在锅台旮旯里蹲着，“呱呱”叫了。这故事，或许近乎玩笑，但在我想来，却有些意思。至少它说明，蛤蟆是被广为接受的鲜美食物。

再看这只“蛙”，像是灯火照亮的一只，又像在锅台旮旯里蹲着“呱呱”叫了的那只。

沉默的石头

诗人牛汉当年在湖北干校时，有一次在炎炎的阳光下翻土，面前突然出现一块鹅黄色的石头，他弯下腰，捧起了它，它比一般石头重得多。牛汉用裸身的热汗擦净了它，它像被唤醒睁开眼睛似的闪射出凝重而深情的光芒。一位古典文学专家把它接过去，掂了掂，摩挲了又摩挲，还用舌尖舔了舔，对牛汉说：“你遇到宝贝了，多半是田黄，它在地下至少埋没了几万年了。”又说，“可以断成石料，打磨成最名贵的图章石。”牛汉心想:为什么要伤害它，把它肢解为图章？不能，绝不能！应当保存它完美的形象，也可以说是一个经神圣的土地孕育而成的诗的意象。

牛汉将石头带回宿舍，后来又带回北京，藏在枕边，夜里常常摩挲它。

后来牛汉先生写文章说：“并不是因专家鉴定这块石头才突然变得珍贵，我遇到它的那个瞬间就感到它的灵性了，那么大一片未开垦的荒地，全是褐色的胶泥，为什么只发现这一块石头，它怎么能经受了几万年的深埋而没有化为泥土？”牛汉先生还曾试图为他的石头写一首诗，但没有写成，他说只记得想写它的三个高洁品性：第一，它坚硬，禁得住埋没，抗得住腐化；第二，它沉默，耐得住寂寞；第三，它心中聚着不灭的火，遇到打击，能灿然迸发出来。又说，他从此学会了石头的沉默，发现沉默是最坚固的语言，沉默是最深远的境界，如卡夫卡所说，一个人或许能逃得过歌声（还有诅咒），但绝逃不出捕捉不到的沉默，沉默是一个没有尽头的世界。

我记住了牛汉先生的话，也体会石头的沉默，将一本诗集命名为《沉默集》。

神来之笔

每次拣石头归来，大解都做笔记，快成书了，叫《自然艺术》。得到这石头的日子，因大解的记述而无误，那是 2008 年正月以后第二次拣石头，正月十七那天，大解偕夫人，我开车，去灵寿。我发现这块石头的时候，它已经离开河滩，在河边的沙地上等我，我看见了它，它也看见了我。大解看了看说，是一支笔，白色的羽毛笔，非常好，立刻命名为“神来之笔”。我逗乐儿说，我要把它恭恭敬敬摆在写字台上，有了这支笔，还愁写不出好东西?

后来有一老兄，也看上了它，曾先后五次给我打电话，说是要买它，可以出高价。我问，高价有多高？他说不好说，真的不好说。

至今摆在我书案上的，正是这石头，看得多了，有时又觉得不像羽毛笔了，像是一茎芦花，是神来之笔画的一茎芦花，联想到寻觅石头的时候，常常在河岸看见大片大片迎着风的芦花，顺着风的芦花，光灿灿的芦花，得一《芦花辞》。

芦 花 辞

待到花开已白头
也不错
挤在一起
不分彼此无论伯仲
顺着风

齐刷刷和我一起白头

透明阳光里
一根白发一行诗
顺着风

自在之身轻似梦
现在忽悠就过去了
顺着风

现在忽悠就过去了
忽悠又转身折回来

齐刷刷和我一起白头

大 写 意

我因特别喜欢晚明画家徐渭的大写意，才喜欢这石头。

徐渭一生，穷困潦倒，中年学画，不守一家，但也从不横涂乱抹，惯用水墨而少着色，尤其是他的杂花，不求形似，逸笔草草，豪放自出。

得这石头的时候，它躺在河滩边缘的柴草之中，当时就想，这是徐渭的墨荷呢，还是放大了的葡萄叶子？管它呢，反正就是它了，没准是他抛弃的画，有一枝一叶拓在这石头上了，他不是有过一首诗《墨葡萄》嘛，“半生落魄已成翁，独立书斋啸晚风。笔底明珠无处卖，闲抛闲掷野藤中”。有些可惜的是，不知此石硬度不够，闲来给它抹了一把麻油，画面被糟蹋了。

我从河滩搜罗来不少这样的石头，画面感很强。比如“花花世界”。那时我刚刚买来《中国艺术大师吴冠中》一书，便得此石，而这块石头上的图案，恰如那书的封面画一般，名曰“花花世界”。

董其昌论画，将天地、山川、古人作为三个层次，说是画家以古人为师，已自上乘，但不如先以天地为师，继而以山川为师，再以古人为师。不读万卷书，不行万里路，不可为画。随后，他又指出艺术真实高于自然真实，“昔人乃有以画为假山水，而以山水为真画者，何颠倒见也”，“以境之奇怪论，则画不如山水；以笔墨之精妙论，则山水决不如画”。董其昌看到了笔墨作为艺术家所创造的艺术形式，具有一种独立于自然的山水、为自然山水所不能替代的美的价值。

再看这石头上，笔墨稍欠精妙，却又为笔墨所不能替代。

杏 花 村

“借问酒家何处有，牧童遥指杏花村。”

杏花村在哪儿？定格在这石头上了。

雪地冰天冬过后，料峭春寒未尽时，看一枝出墙，招来十里红白，宁愿此身变小，化作采蜜之蜂。

挑灯来看，唯恐夜深花睡去。

再看，有一枝已经够完美了，偏偏又生出一枝，让我喜出望外。

苹　果　树

这是我很喜欢的一块石头，得自漳河下游的沙子堆上。

又让我想到老家了。当年老家也有那么多的苹果树，生产队的，没人敢动。有时在苹果树下的小豆丛里拔草，实在忍不住，仗着自己个子比一般孩子高，假装直腰休息一下，拉住高枝，稳住苹果，咬苹果朝上的那面一口。多年之后，我的堂姐翠艳还夸我："我大兄弟就是聪明,偷苹果吃专往朝天的那面咬，一般人看不出来！"

有一天去华沙郊外一个著名的"演员之家"，据说那位波兰演员的作为和影响力，相当于中国的赵本山，有自己的十五公顷庄园，别墅后边，是湖水和森林。我到其别墅的前面转悠，碰见一个园丁摘苹果。只见他挎着篮子，对满树苹果上下再三打量，偶尔摘一个，非常挑剔的样子，又惋惜了一回。想到早在1979年，我学诗之初，写过一首《苹果熟了》，记录那个年代，其中有这样一节小型记事：

那一年秋
风狂
雨多
妈妈分回一筐跌伤的苹果
对我说：大小子
牙口好
你多吃几个
省下一碗粥
让你爸爸喝……

1980年，《解放军文艺》发表它时，把题目改成了《未熟的苹果》。直到如今，我还有“苹果情结”。在离我居住的城市不远的井陉山区杨村，向阳处有一片不大的苹果园，苹果品质直追我老家。连续好多年了，每到10月20日，我准时赶到那里买苹果，先将喜鹊叼过的苹果咬一口，嚼着，赶紧摘，东张西望，生怕有人来跟我抢。

这苹果树，还让我想起，把苹果视为意味着健康和有益的观念，其实是一种现代把戏。

在离华沙并不太远的阿拉木图，至今还有大片的野生苹果林，有些已经有几百年树龄，高达五十英尺，粗得搂不过来，果实累累，又大又红，但酸涩，几乎不能直接食用，只能酿酒。很久之前的某个春天，中国人发明了嫁接，有选择地改良果木品种。一百多年前，由于美国不少州立法禁止饮用苹果酒，苹果园主有效地利用嫁接技术，让苹果甜起来，到处打广告说：“一天一个苹果，大夫躲着你走。”把吃苹果变得像是极为重要的事情，最终还假设了伊甸园中的禁果就是苹果，让苹果树成了伊甸园中的命运之树，美国也仿佛是上帝所承诺的第二个伊甸园。

原来，苹果离苹果树已经那么远。

玉　米　苗

此石得自灵寿河滩，那里是雪浪石的主要发源地。

庄稼人一看就知道，它很像一株玉米苗。

然而我要记述的，不是一棵普通的玉米苗，而是一棵土炕上的玉米苗。那是我亲眼所见。在我老家老南沟里，有我伯父刘勤的三间房子，人去屋空，房子塌了，土炕上竟然长出一棵玉米苗来，让我多年不能忘怀。2016 年秋，我试着写了一首《土炕上的老玉米》，这石头上的图案，就算是我诗的插图吧。

土炕上的老玉米

不久前这里还是一盘土炕
你在炕头的位置生长
不出芽便先扎根
而尖尖的嫩芽儿
如一把从烂炕席里钻出来的锥子

放一个叶儿倾听一个春天
两片叶子便担起一天风雨
长到一人高
雨后竹子一样拔节
和竹子不一样的是从不生枝
你在根之上生出气根
就是雷电也不能把你撂倒

长到胳膊粗
开了花，开了怀
怀抱成双的小玉米棒子
红缨子像是红头绳儿

就那么搂着抱着
你还是担心风吹雨淋
一层，一层，又一层
将娃儿包裹起来

土炕上的老玉米
说老就老了，唰地一下就老了
叶子黄了，穗子蔫了，
红缨子变成一堆白发

石头照片

给石头拍照片，显示出来的是赏心悦目或别扭，留下的注定是遗憾。拍照的时候，只能选择你认为最具典型意义的某个侧面，结果是，你以为有了最佳视角，往往牺牲其他有意义的角度。比如“雕像”，立体的雕像，从哪个角度看都是美的，最终只能选取一个角度。又如“胖子”，看石头怎么看怎么舒服，拍出照片来，无论哪个角度都显得局促。

由于石头的魅力自身并不是十分确定，给石头拍照的手难免颤抖。

我选择的所谓具有典型意义某个侧面的着眼点，伴随着我对人为艺术实践的理解，有时则是美的虚构。

每个人有每个人的审美经历、审美个性和趣味，在看石头时起偏爱作用，加上感觉，有时也具有不自觉的选择作用，因此，我希望有许多人来给我这些石头拍照，拍出形形色色的像、形像和心像。

毛　笔　字

我一直后悔，早年没有照相机和手机，要是有，把漳河岸那些石头上天然形成的文字、符号拍下来,可以编成一部“天书”。

康有为说：“变者，天也。”鉴古溯源，我想文字的产生，起初不排除模仿自然的成分，后来呢，人变，跟着天变。

汉字造字有“会意”一项，连接文字与图像的共同关系，也就是古人说的“书画同源”。

而文字石——造型与姿态，用笔千古不易。

我这几方文字石，说来有趣。

“一”字得自大沙河河滩，那么“顺手”，笔力不让“天下第一关”上的那个“一”。至于一生二、二生三，另当别论。

“山”和“人”字，从邢台罗川藏石家谢建平处淘得。我当初所关心的并非书法,而是“山”和“人”连在一起的意思——我本山人，山人是我的笔名。事实上牵强附会，两块石头大小不同，颜色不同，“字体”也不相同，不好拼凑在一起。待拆丌细看，才看出好处。山，是行楷书体。据说体会空中转笔的动作，墨少一些落在纸上，就是行楷，多一些落在纸上，就是行草。这样说来，此“山”骨法用笔，断开来写，以势取形，颇有古意，似是空中转笔，其力下压，其气上宣，有米芾的味道。“人”呢，楷书的写法，赵孟𫖯的写法。人字在早时不是这么写的，在甲骨文中，是一个人面朝左立着，上端是脑袋，向左下方伸展的一笔是手臂，往下是身子连着腿。这样看来，这个字已经是简化字了，是老天爷造的简化字。

“活”字，家父从灵寿五岳寨拾来，那时老人家刚因胃癌做了手术。大病之时，得一“活”字，分外吉利，但见左半旁少那么一点儿，又有些不安。老爷子捧着石头回家，说：“快看，活！”停顿一下又说：“可惜差那么一点儿。”说着脸就红了。待我反应过来，赶紧说：“活！是活！差一点儿也是活！”老爷子真就活过来了！事后，老爷子有诗曰：“雅石出纹铭，奇缘万古情。活天灵雨落，活地甘泉生。诗韵原无尽，诗思岂有终。心游天地里，活笔自空灵。”

一个“旦”字，可说的不少。大汶口陶器上就有这个字，出土于山东莒县陵阳河原始墓葬遗址。莒县同地还出土一个造型相同，但只有上部的字，被认为是它的简化字。山东诸城前寨遗址也出土了几乎相同的刻画符号。这两处遗址属于原始社会后期即新石器时代大汶口文化。据测定，时间在距今五千七百年至三千五百年之间。对于此字，有人释为“热”，也有人释为“旦”。这些字都写刻在巨型陶尊外部的显著地方，有的刻文上还涂有鲜艳的朱红色，带有庄严和神秘的色彩。有人认为从这些器物的形制和作用看，可能是祭日出、求丰收的礼器。总之，这些字的使用是同当时人们生活中的重要事件或重要活动联系在一起的。

这个字，已具有造型规整、笔画劲练、讲究对称和配合得当等美学因素。作为文字，也已是比较成熟的组合体，并有繁、简二体。有人认为它们已是“意符文字”，也有人称其为“图画文字”，认为它们还只是文字的“起源”和“萌芽”。不管怎样，正是这些原始文字，为千年以后的甲骨文、金文的发展和完善打下了深厚的基础，并从一个侧面反映了我国古代文明发展的水平。

台湾学者蒋勋认为：“旦”是文字，是图像，更是一个诗意的句子。太阳，一个永恒的圆，从山中升起。旦，代表黎明、日出。一直到今天，旦字还有明显的图像性，只是为了书写方便，将原来的“太阳”破圆为方，将山变成了“地平线”。有意思的是，同为台湾学者，许世雄另有说法。许教授说：“旦”是太阳跳出海面的早晨景象，从造字法的观点来看，这个由两个或三个图像组合而成的“旦”，显然已经不是原始的造型字，应是表达抽象意义的表意字，甚至是标出音读的形声字了。

当我看着这诗意的句子出神时，我看见一个叫旦的孩子，从太阳后面出来了，此刻正推算星辰的落点，和一块石头的命运。

“虎”是好兄弟赵维宇的朋友九刚送的，在他家门口的乱石堆中，我一眼看中了它，暗想，这是黄琦先生的虎字，没想到九刚抢先说，好眼力，那是“虎”。到了他家里我才明白，原来他曾经给黄琦先生操持过书画展，并藏有黄先生不少精品。黄先生是非常有个性的书法家，自成一体。艺术的“个性”，不可能独立存在，只有基于“共性”，才谈得上“个性”，掩藏于“个性”背后的，常常是必须遵守的共性。这石头上的字，作为自然艺术，其个性，竟然与黄先生有共通之处。

最令我得意的，是“诗”字，繁体，草书。一个爱诗、写诗的人，得到这样一块石头，此生大幸。看了这个“诗”字，所谓“诗是寺庙的语言”一说就不攻自破了。我不知道产生诗的时候是否有寺庙，但我敢肯定，有这块石头的时候还没有诗。这是在重庆长江奇石馆买的，老板说：看，石头上有两个人在跳舞。

有意思的是，这些字都像毛笔写的，可见毛笔也是自然造化。

人类使用图像与文字各有不同的功能。很多人担心现今的年轻人在电脑、手机上过度使用图像，会导致文字没落，其实用不着那么悲观。汉字与图像在漫长的文明中相辅相成，彼此互动，很像数字资讯上文字与图像互用的关系，也许是新一代表意方式的萌芽，不必为此过于忧虑。